新 潮 文 庫

みんなのなやみ

重 松 清 著

新 潮 社 版

8819

まえがき

この本は、なやみを消し去るための本ではありません。なんて最初に言うと、がっかりするひともいるでしょうか。ごめんなさい。

でも、ぼくは思うのです。人間とは「なやんでしまう動物」ではないか、と。たとえ一つのなやみをうまく解決して消し去ってしまっても、すっきりしたはずの胸の奥では、また新たななやみのタネが芽吹いている。その繰り返しこそが、生きることではないでしょうか。たとえば三十年前のぼくは親との関係になやんでいました。いまのぼくは娘たちとの関係になやんでいます。立場が変わっただけで、なやみは減らない。困ったものです。

もちろん、なやみがないのに越したことはありません。ただ、それをあたりまえのものだと思い込んでしまうと、なやんだときにつらくなる。野球のピッチャーでいうなら、快刀乱麻のピッチングでランナーを一人も出さないパーフェクトゲームが理想に決まっています。でも、現実には、やっぱりヒットは打たれてしまう。ランナーを出して、そこから、さあ、どう抑えるか。点を奪われても、どう最少失点で食い止めるか。要するに、心ならずも招いてしまったピンチをどうしのぐか――その練習をしていないピッチャーは、やっぱり弱いと思うのです。ならば、なやみとの付き合い方を一緒に考えよう。「こんなことになやんでいる自分」になやんでしまうのは、やめようぜ。

そんな思いとともに出版社のホームページをお借りして、十代を中心とした皆さんのなやみを募りました。そして、ICレコーダーを前に、自分なりの感想や考え方を話していきました。それをまとめたのが本書です。

文章として必要最低限の体裁を整えることはしましたが、それぞれのチャプターの中での構成はしゃべった順番のままにしておきました。本づくりの方法として正しいかどうかはわかりません。ただ、ぼくは、自分の声で語りたかったのです。

文字にしてうまく書き起こすことのできない苦笑いやため息、口ごもった沈黙や「あ、ごめん、いまの『なし』、最初からやり直すから」の声が聞こえてくればいいな、と願っています。

装画　トヨクラタケル

みんなのなやみ

1章

家族

離婚したお母さんへ

私の母は離婚をしているのですが、私から見てもだいじょうぶかと思うことが多いのです。生活は父からの養育費と母のパートの給料でやっていますが、なんていうか、なんにもやる気がない。疲れた疲れたと言ってごはんがカップめんだったりします。部活のない休みの日にそうじも手伝っているのですが、家がきたない、せまいと言って友だちを絶対呼ぶなと言います。それから別れた父の悪口ばかり。前の母のようにいきいきしてほしいのです。母を応援する言葉はないですか。

亮子《りょうこ》さん(16歳) 高2・愛知県

私が小学三年の頃、ママとパパはケンカしてパパは実家に帰って行きました。

それをママが迎えに行く。そんなことをくり返していました。ある日、パパは「もう帰らない」と言って、新しいマンションを借り、家族は一対三になりました。ママは、イライラのせいか私や妹に厳しくなりました。学校では、内心イヤだけれどニコニコしてふるまっていますが、成績も悪くなり、どうしようもありません。ママは遅い時間まで仕事をしているため、私が家事をしなければなりません。今年は受験生だし、ママに早く帰ってきてほしいけれど、ママはパパの給料のぶんまで働いているのでそんなことは言い出せません。どうしたらよいでしょう?

知佳《ちか》さん(14歳)中3・栃木《とちぎ》県

思いどおりにならなくっても、それでもお母さんは、がんばっている。

亮子さんと知佳さん。どちらも、両親が離婚してしまっているんだね。

亮子さんの相談では、いつ離婚したのかがわからないから、にわかに結論を言うわけにはいかない。ただ、いまがまだ離婚をして間もない時期であるとすれば、きみのお母さんだってショックを受けている真っ最中だろうし、いろいろと感情的に不安定にもなれば、お父さんの悪口を言ってしまったりするのも、しかたがないことかもしれません。

離婚とは、夫婦というパートナーシップの解消――辞書的に言えばそうなるのかもしれない。でも、ぼくはそれだけで離婚をとらえたくない。たとえ周囲から見て「離婚して当然だよ」「離婚したほうが絶対にいいよ」「別れて正解だって」と納得できるほどの理由があっても……いや、そうであればあるほど、離婚には自己否定の一面も出てくるんじゃないか。

二人の人間が夫婦として過ごしてきた日々や歴史そのものが、離婚によって根こそぎ持っていかれてしまう。もっと言ってしまえば、お互いに対して「結婚しよう」「この人とならば一生をともに生きられる」という決断をした、かつての自分自身をも否定せざるをえなくなるのが、離婚なんだ。

＊

マスコミでは「バツイチ」という呼び名は一般的になっているし、「たとえ子どもがいても、我慢して一緒にいるくらいなら離婚したほうがいい」という主張もよく耳にする。実際、ぼくの知り合いにも離婚をして子どもを育てている女性は何人もいます。

もちろん、相手と別れてそれまでよりも幸せになるケースは数多くあるし、そうであってほしいとも思う。でも、「昨日までの暮らし」を否定するのは、あるいは「かつての自分の決断」を否定するのは、やっぱり、大なり小なり心の痛みをともなうものだと思う。子どものことを考えるとなおさら……。

だから、亮子さんには、両親が離婚してからまだ三カ月や半年くらいならば、いまはもう少し、お母さんの様子を見てあげようよ、と言いたいのです。日本における離婚の大きな特徴として、離婚後は、多くは母親が子どもを引き取ります。それでいて、経済力という点では、別れた父親に比べると母親のほうが弱いケースが多い。

亮子さんの家では、お父さんからの養育費とお母さんのパートタイムの仕事で生活費をまかなっていて、知佳さんの家では、お母さんが遅い時間まで仕事をしなければならない。つまり、きみたちのお母さんは二人とも、まずは生活を支える一家の主《あるじ》としての役割を果たさなければならなくなったのです。そうしないと、みんなごはんを食べられないのだから。

とても残念で悔しいことだけど、三十代や四十代の年齢で、なおかつ子どもがいる女性にとって、仕事の現場や環境というものは、まだまだひじょうに不利にできている。それが現実だ。そんな状況の中で、生活していくことへのプレッシャーや、子どもたちへの気づかいや、離婚をしてしまった自分への自己否定感も含めて、いろいろな重い感情を背負いながら、それでもお母さんたちは、がんばらなくちゃいけない。

「前の母のようにいきいきしてほしい」という亮子さんの気持ちは、すごくよくわかる。でも、以前のお母さんがいきいきとしていられたのは、もしかしたら、生活の心配がなかったからなのかもしれないでしょう？ パートで仕事をして、一家の生活を支えなければならなくなったいま、さまざまな状況が前とは違っていることへの理解は、持っていてあげたい。

子どもの立場では想像しにくいことだろうけど、お母さんがそういう状況にいることを、どうか忘れないでいてほしいんだ。そうして、お母さんが新しい生活に慣れるまでは待っていてあげる。そんな亮子さんの態度が、お母さんにとっても、ひとつの応援のかたちになるのだと思います。

＊

ただし、「待つ」といっても、これは亮子さんの両親が離婚して間もない場合。もしかして何年もこんな状態がつづいてるのなら、話はちょっと違ってくる。

現実に知佳さんの場合だと、さかのぼれば小学校三年から中学三年のいままで、

五、六年にわたって相談のような状況がつづいていることになります。

知佳さんのママは、新しい生活にとまどったり苦しんだりしながら、母親と同時に父親代わりの役割も果たさなければならない。ママは、否応《いやおう》なしにパパの給料のぶんまで働かなくてはならなくて、家事は知佳さんが担当している。一方で、知佳さん自身、今年は受験生なので、ほんとうはママに早く帰ってきてほしい。早く帰ってきて、ママに家事をやってほしい。でも、「早く帰ってきて、家事をやってほしい」という要求はできないことを、知佳さん自身はわかっていると思うんだ。わかっているからこそ、お母さんに対して、自分の気持ちが言い出せないんだよね。

でも、言えなくたって、いいんだと思う。

家のことをなにもしなくてもいい受験生に比べれば、知佳さんの状況はたいへんかもしれない。だからといって、お母さんが仕事を辞めて家にいることになったら、生活ができない。

どんなに「ママとパパが離婚しなければよかったのに!」と思っても、「もう一回、一緒になって……」と願っても、それは無理な話なんだよね。

思いどおりにならないことって、やっぱり、あるんだ。

知佳さんは「成績も悪くなり、どうしようもありません」と、亮子さんは「部活のない休みの日にそうじも手伝っている」と言っている。その勉強や手伝いを、いまよりも、もうちょっとがんばってみよう。いまの状況の中でがんばるよりほかにないんだから、ほんとうに、もうちょっとだけ、がんばってみよう。

知佳さんと亮子さんにとっては少し厳しい言い方になってしまうけど、現実的にすべてが一件落着することはありえないのだから、お母さんのグチやたいへんさといったものを、いったんは受《う》け容《い》れてみよう。そのうえで、「いまの状況をもう一歩でもよくするために、どうすればいいだろうか」という、実際的なことを考えていったらどうだろうか。

お母さんが「疲れた疲れた」と言ってごはんがカップめんだったりする。もちろん、決してほめられたことではないと思う。でも、だったら亮子さんが、目玉焼きやサラダでもつくってみたらいいんじゃない？　ごはんの用意をしてもらいながら、「カップめんだったら嫌だ」っていう段階から、一歩先に進んでみなよ、って思うんだ。知佳さんだって、両親が離婚をしていない友だちに比べたら、すごく損をしている気分になるだろうし、事実、家事などの目先のたいへんさはすごくあるだろう。けれども、こういう体験をしっかりと受けとめることができれば、絶対に、亮子さんや知佳さん自身、一回りも二回りも大きくなれると思うんだ。

＊

誤解を招くかもしれないけど、お母さんたちを含め、きみたちも、「しょうがない」という意識は、どこかで持っていたほうがいいと思う。だってしょうがないじゃん、いまはこれをやんなきゃ、っていう気持ち。

たとえば、亮子さんも知佳さんも、いつか赤ちゃんを産むかもしれない。赤ちゃんは自分一人ではなにもできない。ほうっておいたら死んでしまう。だったら、たいへんでもおっぱいをあげたり、面倒をみてあげたりしなければしょうがないよね。遊びたい？　眠たい？　だってしょうがないじゃん、おっぱいあげないと赤ちゃん死んじゃうんだもん。

赤ちゃんの例でなくても、「しょうがない」ことはこれからいっぱいある。当人にとっては不本意なことでも、一歩、あるいは半歩でも前に進んでみよう。両親の離婚はとてもつらい出来事に違いないけど、十四歳、十六歳のいまから、もうちょっと時がたったら、お母さんのことが少しわかるかもしれない。しょうがないな……って言いながら、それでも「いま」をのりこえていったあとに、きみたちには、「成長」という人間的な楽しみがきっと訪れると思うんだ。

離婚に限らず、そもそも子どもには「親」や「親のやること」を選んだり、決めたりはできない。「もし、家がもっとお金持ちだったら」「もし、お父さんがあんなにお酒を飲まなかったら」――ぼくだって、もうちょっとお金持ちの家に生まれていたらなあ、なんて思っていた時期があった。けれど、一方で、それはしょうがないとも思っていた。旅行に行きたくても親はお金を出してくれない。お金がなければバイトするしかないわけ。大学に行きたくても家にお金がなかったとしたら、奨学金を借りたりするでしょう？

「もしも……」という理想形ばかりを過去に追い求めてしまうと、最後には「こんな家にさえ生まれなければ」という考えになってしまうだろうし、もっとつきつめれば、「自分なんかこの世に生まれなければよかった」なんて考えるようになってしまうかもしれない。

でも、「自分なんか生まれなければよかった」と考えるくらいなら、「これはしょうがない」「ここでふんばろう」というふうに考えてほしい。そうやってふんばっているうちに、きっときみたちは成長する。

もちろん、ただふんばっていても成長はしない。ふんばりながら、一歩でも半歩でも前に進まなくちゃいけないのだけど、子どもというのは、「いま」をふんばっているうちに、ぐっと背が伸びてくることがある。ぼくは、それを信じています。

「キレる」という言葉があるけど、どうして子どもたちに「キレて」ほしくないかというと、ここをのりきれば一年後には笑っているかもしれないのに、ここでキレちゃったらおしまいじゃん、って思うからなんだ。中学生や高校生――特に女の子だと、体のほうの成長期はひとやま越えているかもしれないけど、心の成長に関しては、まだまだ真っただ中なのだから、いま、ふんばってほしい。

ふんばるために足りないものがあるんだったら、それがなにかを一所懸命考えよう。お母さんがカップめんしか用意しないと嘆くんだったら、自分でサラダを買ってこい。キャベツを炒《いた》めるだけでもいい。そうやって、絶対に、成長するんだ。

そのことを、信じてほしい。

＊

少し話を広げてみると、子どもの、お母さんに対する期待はものすごく大きい。

もちろん、お父さんに対してだって期待はあるけど、当のお父さんは仕事に出たら「働く自分」「親としての自分」の半分ずつに割れてしまう。子どもは、そういうお父さんにはあんがい寛容だよね。お父さんが残業したり家に仕事を持ち帰ったりしても、「まあ、しょうがないか」と許しちゃう。

ところが、お母さんに対しては、たとえフルタイムの仕事を持っていても、いつも「一〇〇パーセント自分のお母さん」という存在であってほしいと思ってしまう。残業なんてしないで早く帰ってきて、家に仕事を持ち帰らないで、「疲れた、疲れた」って言わないで……とね。

でも、お母さんにだって、「働く自分」を家庭に持ち込まなければならない状況はあるんだよ。もちろん、専業主婦のお母さんだってね。お母さんはみんな、きみの知らない世界で、がんばっている。特に亮子さんや知佳さんのお母さんたちは、いま、きみたちのお母さんであると同時に、一家を支えなくてはいけない、社会に出てがんばっている顔も持っている。だから——「前の母のように」というわけにはなかなかいかないと思うのです。お母さんも一所懸命働いて、ちょっと楽になってくれば、もっといきいきしてくるかもしれない。離婚したいと思っている相手とかたちだけの「夫婦」や「両親」をつづけて、いつも文句ばかり言いながら過ごしているのではなくて、自分で選択した新しい道を踏み出したお母さんなんだから、きっと、いきいきできると思うんだ。

お母さんを応援する言葉は、だから、「ゆっくりがんばろう」です。気持ちを張ってがんばらなければならないときはある。でも、あせらなくていいんだ。ゆっくり、がんばること。

だって、いまのこの暮らしをやっていくしかないんだもの。前向きに「しょうがないよね」とふんばって、前に進むしかないんだもの。

この言葉は、そのまま、亮子さんと知佳さんへも言ってあげたい。

私の親は、過保護です

うちの親はメッチャ過保護です（両親とも）。友だちの中で、私だけ友だちの家に泊まりに行ったことがナシ‼　友だちから電話がかかってくると誰からかかってきたのかしつこく聞かれます（だから、いまいちばん欲しいものは携帯！）。カレシもつくれない……うちの親は、子どもから自立できてないのでしょうか。

美樹《みき》さん（16歳）高2・千葉県

とりあえずは、きちんと話し合ったうえでの「強行突破」、かな。

うわぁ、耳が痛いなあ……。

娘が二人いる身としては、まるでぼく自身のことを言われているような気持ちがするんだけど、「過保護」の問題について考えてみます。

＊

まず、「保護」について。親は子どもを保護します。それは、親としての責任だから。でも、「保護」と「干渉」とは違います。親が子どもに対して抱くいちばんの不安というのは、親が知らないところで子どもの世界がどんどん広がっていくこと。親にとっては、それがなにより怖いことなのです。

子どもが友だちの家に泊まりに行った夜は、親は行動を把握できない。子どもが直接電話を受けておしゃべりしている間は、親は誰からの電話なのかわからない。だから、泊まりには行かせない。電話の相手を知りたくなる。そうすると、「保護」から「過保護」をへて「干渉」に変わってしまうんだ。

美樹さんの言うとおり、きみの親は、もしかしたら子どもから自立できていないのかもしれない。まったく、きみの言うとおりだと思うし、過保護や過干渉は、最終的には子どもをだめにしてしまうこともそのとおりだと思うけど、そう理解する一方で、ぼくも親の立場でいまの世の中を見ていると、子どもから目を離すのがおっかなくなる、というのも本音。やっぱり心配だよ。美樹さんの親だって、同じ気持ちなんじゃないかな。

それに対して、子どもはどうするか。

美樹さんは、いまの親の態度や行動に対して、ブーイングは出しているかな？「過保護はやめてほしい」と、親にはっきり言っている？　もし言っていないのだったら、「ほっといて」とはっきり言っていいよ。もう、高校二年生なんだから。

美樹さんの相談の中に、親を憎んだり、嫌ったりするフレーズがないことを考えると、たぶん、きみは親と仲が良いんだと思う。過保護をうっとうしく思いながらも、娘を心配する親の心は否定していないはず。気分としては、「もう、まいっちゃうよなあ……」というレベルなのではないかな？

＊

ぼくが想像するように、きみの親に対する気持ちがまだ、憎しみや嫌悪感《けんおかん》になってはいないのなら、親を自立させるのはいまがチャンスです。

もう一度、親ときちんと話し合って、それでも反対されたら、「ごめんねっ」と強行突破して、友だちの家にちょっと泊まりに行っちゃえばいい。ただし、行き先だけはちゃんと教えて。嘘《うそ》をついちゃだめだ、絶対に。

ぼく自身も子どもの頃に経験があるんだけど、親が反対をすることを押し切って実行したあと、親が心配することなんてなにも起こらなかったりしたら、あんがい、親も「あ、そういうものなの」と反省したりするんだよね。昔に比べると情報量が多いから、親としてはどうしても想像力が悪いほうに働きがちになるし、子どもが行動範囲を広げることにどんどん臆病《おくびょう》になってしまうけど、だったら子どものほうから飛び出していくしかない。

もちろん、親が「行くな」というのに自分から飛び出して行動を起こすのだから、なにかあったら自分の責任にはなる。そのバランスというのは、仲が良い親子ならば、きっとわかると思うんだ。

＊

一方、美樹さんにではなく、美樹さんのお父さん、お母さんに言おうと思っているのが、たとえば、子ども部屋には鍵《かぎ》を付ける必要はない、ということ。部屋全体を子どものプライバシーだと考える必要はない。子ども部屋には、親は勝手に入ってもいい。子ども部屋に入れない親なんておかしい。鍵なんて、子ども部屋には絶対に付けてはいけないと、ぼくは思っているんだ。

だけど、同時に、子ども部屋の中の机にはひとつだけ、鍵のかかる引き出しをつくってやりたい。「秘密を持つな」というのは不可能。でも、「ここに秘密があるんだ」と、「秘密の隠し場所」を知っておくだけで、親はうんと気が楽になる（合い鍵なんてつくっちゃだめですよ）。子どもにもおとなにも、「他人は見ることができない引き出し」は必要なものだし、逆に、そういう引き出しがなかったら、だんだんと子どもはヤバいものをヤバいところに隠すようになる。

いまの美樹さんは、すごく素直な良い子だと思うし、親子の関係も、ほんとうはすごくうまくいっているはず。その素直な段階で、彼女に秘密をつくらせてあげればいいのだと思います。秘密を持つことを許さないで、彼女のことを全部把握しようとするばかりだと、逆に、「秘密の隠し場所」そのものが秘密になってしまいそうな気がするのです。

それを思うと、「友だちの家に泊まりに行く」ということは、あり、なんじゃないでしょうか。「今夜どこにいるか」がわかっている段階で秘密と付き合っておかないと、突然「居場所のわからない外泊」になってしまうことが、ぼくは心配なのです。

子どもはいつまでも浮き輪につかまって泳ごうとはしない。親としてはずっと浮き輪を使っていてくれれば安心でも、それは無理なこと。だからこそ——最初は足の届く深さの海で浮き輪をはずさせたいのです。

＊

そして美樹さん。きみは「十六歳だし、もう一人前」って思っているだろうけど、きみの両親は、きみのことを、生まれてきた瞬間からずっと見守っているんだ。だから、なかなか親から一人前として扱ってもらえないのも、当然のことと理解しよう。

その理解を持ったうえで、親の反対をふりきって、仲良しの友だちの家に泊まりに行っちゃおう。そのとき、美樹さんが「やっぱり、悪いことをしちゃったかも……」「親がかわいそうだったかも……」と苦い思いをするか、あるいは、「ざまあみろ！」「やったー！」という解放感を味わうか、どちらかわからない。大事なのは、そのときに自分の中にどんな感情がめばえるか、じっくり見すえてみることなんだ。

〝プチ〟な強行突破をしてみて、自分自身のモヤモヤを、自分で一度は晴らしてみたらいいんじゃないかな、と思います。――お父さん、お母さん、いかがですか？

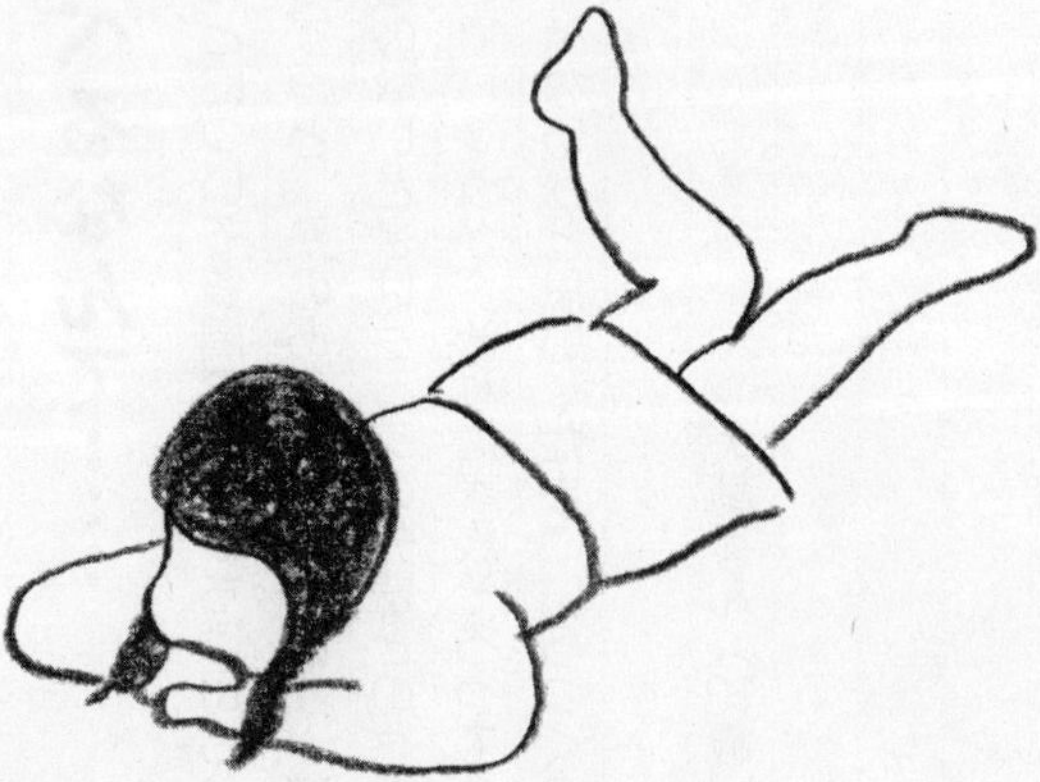

家族と夕飯を食べるなんて……

家族全員で夕飯を食べることについて質問です。うちは母も父も大切なことだと言って、小さいときからずっと、塾のある日以外は必ず一緒に食べます。べつに嫌じゃないですが、塾のないときはクラブの先輩との付き合いもあるのでどっちを優先したらいいのでしょうか。それに家族そろって食べても食べなくてもべつにかわらないんじゃないかと思い、たまにいらつくのですが、親や弟に悪い気もするのです。

大輔《だいすけ》くん（13歳）中2・東京都

もうちょっとだけ、親と付き合ってあげたらいいんじゃないかな。

親は、子どもと一緒にごはんを食べたいものなんだ。そして、子どもであるきみは「たまにいらつくのですが……悪い気もする」――それでいいのだと思う。

＊

ぼく自身の話をすると、ぼくは高校卒業後の十八歳で上京して、それからずっと東京暮らしです。娘たちも東京生まれの東京育ちで、進学するにせよ就職するにせよ、十八歳で家を出ることはないだろうな、と思う。でも、もしも我が家が地方にあったら、自分自身が親のもとを巣立った十八歳まであとたった五年しかないと思うだろうし、その五年間を、ものすごく大切に過ごそうとするだろう。ごはんはもちろん一緒に食べるし、日曜日だって、できるだけ一緒にいたいと思う。

いや、十八歳が二十二歳でも、何歳でも、子どもはいつか親のもとを出ていってしまう。親は、子どもに対して「もうすぐ、こうやって一緒にいられる日々も終わるんだな……」という感情をどこかで抱いているものなんだ。だから、子どもと過ごせる間は、ごはんだってできるだけ一緒に食べておきたいんだ。

でも、もちろん大輔くんの気持ちもわかる。クラブの先輩との付き合いがあるときは、「今日はちょっと遅くなるからね」と両親に言えばいいんだと思うよ。先輩と一緒になにかをするのだって、きみにとっては大切な時間なんだから。しかも、きみは中二だから、中三の先輩と遊ぶことができるのはあと一年足らずしかない。

「やっぱり夕飯は家で食べなさい」と親から言われても、「お父さんとお母さんが、ぼくとごはんを食べるのを大切にしているように、ぼくもいま、先輩と一緒に過ごす時間を大切にしたいんだ」というふうに話してごらん。きみとずっと一緒にごはんを食べているお父さん、お母さんなら、わかってくれるだろう。

もし、親が「だめ」と言って、それでも大輔くんが先輩と遊びに行ってしまうとする。親の言いつけにそむいた解放感と、やっぱりやめればよかったかも、という心の苦みを天秤《てんびん》にかけてみて、苦みのほうが大きかったら、しょうがないから、もうちょっと親と付き合ってやるかな……と考えればいいんだよ。

＊

十八歳の時に上京して一人暮らしを始めたとき、ぼくには一〇〇パーセントの解放感があった。それがいま、四十一歳の親になってみると、田舎にいた時分にもうちょっと、親と一緒にごはんを食べていればよかったな……なんて当時を振り返ってみたりするんだ。

以前、取材で伊豆《いず》諸島の青ヶ島に行ったことがあります。八丈島からはヘリコプターで三十分ぐらいのところにある、人口が三百人くらいの小さな島で、その島には高校がないために、子どもたちは中学校を卒業したら全員が島を離れてしまうのです。つまり、島では、親と子どもが一緒に生活できるのはたったの十五年間だけ、ということになる。だから、子どものことは親だけではなく、島ぐるみでかわいがるんだ。運動会なんて、島民全員が参加して、すごく楽しいらしい。

大輔くんが住んでいるのは東京で、進学するにしても就職するにしても、ひとまずは家から通うことになるのかもしれない。青ヶ島の例のように、十五歳になったら家を出て行くのではないのだろうけど、でも、親が子どもに抱く気持ちは本質的には同じなんだ。

ぼくの家族も、ずーっとぼくたち夫婦と、二人の娘の四人で一緒にごはんを食べてきた。そんな中で、中学生になった上の娘が最近、部活で夕ごはんの時間にいないことがある。しかたがないことなんだけど、テーブルに一人ぶんの席が空いていたりすると、けっこう、親は寂しいものなんだよ。

だから、大輔くんも、いちおうは親の気持ちをわかってあげて、塾も先輩の誘いもなにもない日は親に付き合って、一緒にごはんを食べてあげたらいいんじゃないかな？「先輩とごはんを食べに行きたいんだけど」ということがあれば、ちゃんと親に話したらいいからさ。

＊

親離れ・子離れに話を広げると、ぼくは、自分自身は上京組でよかったな、と思っています。それは、否《いや》が応でも、親離れ・子離れをしなければいけなかったから。東京のような都会に生まれてしまったら、家を出る必然性が低くて一人暮らしを実現させるのはかえって難しいことかもしれないけど、上京によって、自分の環境を一からやり直す、リセットするということが、地方出身者には可能なんだ。

コピーライターの糸井重里《しげさと》さんから、こんな話を聞きました。

お米というものは、直接田んぼに蒔《ま》くのではなくて、まず、苗床で苗をつくる。そこから田植えをする。そうすると、苗である時期にはけっこうへなちょこな様子でも、田んぼに植え替えられたとたん、びっくりするくらいしっかりと伸びていくものがあるそうです。

苗床は場所としてひじょうに狭いところで、その狭い中では弱々しい様子でも、田んぼに場所を移したとたんに勝負をかける苗もあるし、苗床ではいちばん育ちが良くていばっていても、田んぼに出てからのがんばりがきかなくて負けてしまう苗もある。

少年時代は、「苗床」なのかもしれない。

糸井さんの話を聞いて、ぼくが親と生活していた十八年間は苗床の時代で、夜行列車で上京した時が田植えの時期だったんだな……と納得したんだ。

いま、地方に親と一緒に住んでいて、窮屈だな、と感じている子どもがいるとする。きみたちはまだ苗床の苗の状態で、これから田んぼという人生に飛び出すのだから、苗床の窮屈さは忘れないようにして、田んぼに出たときにそれを爆発させろよ、と言ってあげたい。苗の段階で苗床で文句を言っていてもしかたがない。田んぼに飛び出してみろ。

逆に、東京で生まれ育った人も、必ずしも東京の大学に進学したり、東京で就職をしたりする必要はないと思う。生まれが東京だと、「ここを出て行く」という選択肢を最初からは持ちにくいかもしれない。でも、全国の国立大学で学生が足りずに困っていることを考えあわせると、東京生まれの子どもだって、地方で大学の四年間を過ごす経験というのも「あり」かもしれないよ。東京は物価が高くて、子どもが地方から東京の大学へ行ったら、仕送りの額だってたいへんだろうけど、東京から地方に行けば、物価は安いからね。東京の子どもも一度、親元を離れて、「他人の飯を食う」を実行してみたらいいんじゃないかな。

東京に住んでいても、地方に住んでいても、どこに住んでいても、子どもには、「苗床」のあとの「田んぼ」がある。

そういうふうに、二段構えの人生って、いいものだと思うんだ。

日記を読まれた！

親に日記を読まれてしまいました。抗議したら、母親に父親が味方をして、部屋をかたづけないのが悪いとか、育ててもらっている身分で生意気とかいって、二人で逆ギレされました。もう二週間たちますが、口もききたくないし、顔も見たくないくらい、ハラが立っています。こんな親に対抗する方法を教えてください！

郁子《いくこ》さん（16歳）高2・東京都

やっぱり、秘密のポケットは必要なんだ。

郁子さん。これは、怒ってよし！

親の「過保護」に付いて相談を受けたとき、ぼくはこういう考えを述べました。

――子ども部屋には鍵《かぎ》を付ける必要はない。親なら、子どもの部屋に勝手に入ってもいい。でも、子ども部屋にはひとつだけ、鍵のかかる引き出しをつくってあげてほしい――。

だから、郁子さんの部屋に親が入っていくのはかまわない。でも、日記を入れる引き出しがないのは……。

＊

ぼくが大学生だった頃、教員免許を取るための教育実習で、ある高校に行ったときの話。

教育実習はふつうなら母校でおこなうんだけど、その母校からは「来るな」って言われてしまったから、ぼくは大学に紹介された私立の進学校に行きました。ひじょうに厳しい男子校で、「衣服にポケットがあると手をつっこんで歩くのでよくない」ということらしく、その学校の制服にはポケットがなかったのです。たしかに、ポケットがないからモノは手に持つ以外になく、手に持てばなんでも人の目につくので、先生の立場では安心だろう、とは理解しました。

でも、ぼくはそのことを寂しいと思ったのです。

もちろん、ポケットがあれば危険なものが隠されてしまうというリスクがある。でも、ポケットには、ナイフが隠れているかもしれないと同時に、ラブレターだって隠れているかもしれない。ポケットがないからラブレターの封筒はむき出しで手に持たなくちゃいけないなんていう窮屈さを、子どもには持たせたくない。ポケットにはアメ玉が入っている。ラブレターが入っている。もしかしたら、ナイフも入っているかもしれない。だけど、そのナイフを抜くことはないだろう。そう信じるしかない。うちの子どものポケットにも、ナイフが入っているかもしれない。だったら、抜かないようなしつけ方をしていくしかない。それがおとなの覚悟だと思うのです。

「ナイフを抜くかもしれないから、いっそのことポケットをなくしてしまおう」なんて、こういう発想をおとながするのはやめようぜ、ってほんとうに思う。

郁子さんが持っていたのはナイフではなくて日記帳だけど、日記帳を入れる「ポケット」はやっぱり必要なんだ。これは、あなたの親に対するメッセージです。

＊

それでは、郁子さんについて、ぼくが言えること――。

郁子さんが日記帳を読まれたことに抗議したら、両親ともに逆ギレされたとのことですが、親がそういう態度をとる場合、じつは親の心の奥にも「悪いことをしてしまったな……」という気持ちがあるものなんです。よく、親子やきょうだい、友だち、恋人の間柄で「ケンカはしません」と言っている人たちがいるけど、それはちょっときれいごとすぎる。ケンカはするよ、絶対。でも、ケンカをしても仲直りができるのが親子であり、きょうだいであり、親友であると思うんだ。

また、昔は「子どものくせに、育ててもらっている身分で生意気だ！」と親に言われたら、「こっちだって、産んでくれって頼んだわけじゃない！」という定番の反発で応酬したものだけど、いまさら親とそんなやりとりを始めてみてもしかたがない、と郁子さんなら考えるんじゃないかな。

「もう二週間たちますが……ハラが立っています」という言葉にあるように、親との間で、口もききたくない、顔も見たくない、腹が立っている！　という時期は、絶対にあっていい。親に対して腹を立てても、ぜんぜんかまわない。肝心なのは、一カ月、二カ月、三カ月たって、そのとき、まだ腹が立っている関係かどうか、だと思うんだ。

ぼくは、「なしくずし」とか「なんとなく」って、すごくいいことだと思うし、好きなんだ。正面きって「これが悪かった、ごめんなさい」って謝らなくても、いつの間にか、またふつうに話している——親子でも、そういう関係になるのが、ぼくはいちばんいいなと思う。対抗してもしかたがない。ぶつくさ言いながらでも、なんとなく仲直りして付き合う方法を考えていったほうがいいかもしれないね。

なんとなくだけれども、きみなら「……ったく、アタマくるなー」なんてムカついたりしながら、それでもあんがい、ふだんどおりに家の中でやっていけているのじゃないかな、とぼくは想像しているのです。ぜひそうであってほしいなと、ぼくは祈っているんだ。

＊

ぼく自身の、ちょっと間抜けな話をしようか。

高校生のとき、友だちから金髪女性のノーカットのエッチ写真をもらって……それを分厚い参考書に挟んで隠しておいて、ある日学校から帰ってきたら、その参考書から写真が半分だけ顔を出していたことがあった。金髪のお姉さんが、こっちを向いて笑っているんだ。

おふくろがやったんだろうなあ。「ちゃーんとわかってるんだからね」ってイヤミなサインを送ってたんだ。

あれは、まいった。

でも、「やー、あんな写真を見ちゃって」と自分から親に言っても墓穴を掘りそうだし、家族じゅうでなにもなかったようなふりをして、夕飯のテーブルで「おかわり」なんて言ってふつうに過ごしました。

……だから、トラブルの内容にもよるけど、親子の間では「対抗策」よりも、ちょっとお互いに知らん顔をしてみるということも含めた「付き合い方」を考えていくことのほうが、大事かもしれない。

二週間たっても、まだ怒ってる。いいんじゃないかな。三カ月たってまだ怒っていたら、ちょっとしつこいぞと思うけど、日記を読まれて、さらに、お父さんがお母さんに味方して二人で逆ギレされても、とりあえずその瞬間をちゃんとのりきっているのだから、偉いと思う。すばらしいよ。

親とだって、ちゃんと仲直りできると思うよ。

お姉ちゃんが心配

お姉ちゃんが高一になってから急に変わってしまいました。毎晩、夜十一時頃に帰ってくるようになって、学校にもあんまり行ってないみたいで、お母さんがいつも怒ってどなっていて悲しいです。お姉ちゃんは怒られるとお母さんにぜんぜん口をきかなくなります。私ともほとんど話をしてくれなくて、ちょっと怖いです。お父さんはもっと帰りが遅くて、お母さんは困っているみたいなのです。どうしたらいいですか。

望さん（13歳）中1・埼玉《さいたま》県

お父さんに話してみよう。お姉さんのことをちゃんと考えて、って。

家の中はとてもたいへんな雰囲気になっているのだと思うけど、お姉さんは、いま、おとなになる最中なんだ。おとなになろうとして、いままでとは違ったふるまいをしている。このまま突き進んで、あとから後悔してしまうようなおとなになるか、ならないか——いまはそのはざまの時期で、なおかつ、とても大事な時期なのだと思います。

お母さんがいつもどなったり、怒ったりしているのはとても悲しい。でも、お母さんが正面から怒って向き合わないでいてしまったら、今度は、お姉さんがあとからたいへんなことになって、すごく後悔するような結果になるかもしれない。

そのことをわかっているからこそ、お母さんはお姉さんに怒るのです。それはしょうがない。お姉さんがおとなになろうとしている。それもしょうがない。子どもが成長するというのは、このようなことなのです。

＊

ただし、望さんが、お母さんとお姉さんの両方のことをひとりぼっちで心配しなければならないなんて……おかしいよ。お姉さんはいま、子どもからおとなへのわかれ道に立っているけど、望さん自身だって、もしかしたら、我が家のことが嫌になってしまうかどうかの瀬戸際《せとぎわ》に立たされているんだから。

だから、お父さんに相談するしかない。

ほんとうは、人を怒ったり、叱《しか》ったりするときは、二人でやるのがいいとぼくは考えています。二人とも同じように怒ってしまっては、怒りがただの倍になるだけなのであまり意味はないけど、一人が怒って、一人が「まあまあ……」と言ってなだめるという役割分担があったほうが、怒るほうも怒られるほうも楽なんだ。

でも、望さんの家では、怒る役割をお母さん一人が担《にな》っていて、「まあまあ」と言ってくれる人がいない。望さんはお姉さんよりも年下だから、なだめ役はまだできなくてあたりまえです。それは、お父さんの役目なのです。

問題なのは、お父さんがお姉さんよりもっと帰りが遅いことだけど、望さんから「いま、とってもたいへんな時期なんだから、早く帰ってきて」とお父さんに言ってみよう。

この章の初めに、両親が離婚してお母さんと一緒に暮らしている女の子から「お母さんがいつも疲れてイライラしているのだけど、どうしたらいいでしょうか」という相談があったの、読んでくれたかな？　そのときの回答にちょっと補足しておこう。離婚して一人で子どもを育てる親がたいへんなのは、相談したりなだめてくれたりする相手がいないまま、いつも一人でいろいろなことに対応しなくてはならない、ということ。心配している子どもにはかわいそうなんだけど、親だって気持ちがとがってしまうのは当然で、しかたがないことなんだ。

昔の刑事ドラマでも、犯人に対して若い刑事が取り調べでがんがんやったら、ベテランが「まあ、一服するか……」と場を和らげて緩急をつける、かけあいの対応があったりする。ぼくの家でも、ぼくがぶち切れたら、かみさんが子どもを絶対にかばうんだ。逆に、かみさんが子どもを怒ったら、ぼくが「まあ、いいじゃない」と言ってみる。やっぱり二人いると、いろいろなことに対して、立体的な対応がしやすくなる、という側面がある。

望さんからお父さんに言うしかないと思う。いま、お姉さんから目をそらしてしまうと、ほんとうにたいへんなことになってしまうかもしれない。お母さんと一緒に、ちゃんとお姉さんのことを考えて、って、お父さんに言ってみようよ。

＊

「物語の中の子どもっていいなあ」と思うことがある。ホームドラマや大家族モノの家庭には、おじさんやおばさん、あるいはお祖父《じい》ちゃんやお祖母《ばあ》ちゃん、お隣さんといったように、親子という垂直的なつながりだけではない、いわば斜めの関係がたくさんあって、その中でいろいろな考え方があり、価値観があって、子どもをさまざまな角度で包んでくれる（『ちびまる子ちゃん』でお母さんに叱られたまるちゃんが、お祖父ちゃんの友蔵さんの部屋に遊びに行く、あれだよ、あれ）。でも、現実は、核家族化が進んで親子関係は密室化してしまい、親も子どももその中でイライラしてしまっている。親子という垂直な関係がすべてなんだ。それはやっぱり窮屈だよ。

もちろん、実際に核家族であることはしかたがない。じゃあ、せめてそこにお父さんを巻き込んで、お母さんとお父さんとで、お姉さんの前でかわるがわる、漫才にたとえるならば、ボケとツッコミのかけあいをしてもらおう。

ぼくは、娘が学校の先生に叱られて帰ってきたら、絶対に先生とは別の見方をする。「先生の言うこともわかるけど、お父さんはこう考えているから」って。これは先生の言うことを否定しているわけではなくて、ぼくが先生と一緒になって娘に同じことを言ってもしかたがない、と考えているから。

くり返しますが、ここで、お父さん、お母さんの二人が同じ態度や対応をお姉さんにとるより、微妙に角度を変えたほうが、より効果的だと思う。それは、望さんのお父さん、お母さんにぼくから言いたいことです。

「親、教師、地域が三位一体《さんみ》になって子どもを見守ろう」というスローガンがもっともらしく語られているけど、子どもにとっては三位一体で同じことを言われることほど、キツいことはない。三位一体ではなく、三角形で、それぞれの角度、それぞれのベクトルから、子どものことを見ていきたい、どうか、見ていってほしい。ぼくはそう考えます。

良い子になりたいのに

私は、良い子になりたいのに、どうしてもなれません。どうしたら良い子になれるのでしょうか？　私はどうしても家族と仲良くできません。家族と一緒にいると、どこか体が緊張してしまうのです。特に、お母さんがため息をつくと、お腹《なか》が痛くなります。だけど、そのことはお母さんには言えません。心配をかけたくないし、以前、思い切って言ったらお母さんが怒ってしまったからです。どうしたらいいのでしょうか？

亜子さん（15歳）中3・大阪府

最後の信頼さえ裏切らなければ、元気に生きているだけで、じゅうぶんなんだ。

ぼくは、この亜子さんの質問を読んで、まず最初に自分自身が子どもだったときのことを思い出したんだ。それから次に、自分の娘二人に対する自分の態度というものを思い返して、すごく胸が痛くなった。

亜子さんは、お母さんがため息をつくと、お腹が痛くなるって言う。じつは、ぼくも、同じことを娘たちから言われたことがあります。自分では意識していないのだけど、娘たちがなにか失敗をしたり、よくないことをやったり、あるいはぼくの思いどおりにならなかったときなんかに、ぼくはよく、舌打ちをするらしいんです。それはなにも、お父さんは怒っているんだよ、不愉快なんだよというのを、わざわざ娘たちに教えるために聞こえよがしに舌打ちをしているわけじゃ決してなくて、ほんとうに無意識のうちに、「チッ」って舌を鳴らしているらしいんだ。

それで、娘たちが「お父さんに舌打ちされると、やっぱり嫌だ」と母親に訴えていたんだね。あるとき、かみさんから、娘たちは、あなたに舌打ちをされるたびに胸がドキドキして、怒られるんじゃないかと思ってしまうらしいのよ、と聞かされました。しかも、彼女たちがそう思っているらしいことを、かみさんも、うすうす気づいてたらしい。

……ぼくは、すごくショックだったんです。自分が、自分で気づかないうちに舌打ちなんかをしていて、娘たちにかなりのプレッシャーを与えていたんだなあ、ほんとうに、申し訳ないことしたなあと、つくづく思いました。

＊

振り返ってみれば、ぼくも子どもの頃、父親との仲があまりしっくりとはいかなくて、中学生の時分から「早く家を出たい、早く東京に行きたい」と、ずーっと思っていたんだ。結局、家を出たのは、高校を卒業してからだったけどね。

小学生の頃は、まだ自分の体だって小さいし、そのぶん、父親が体もとても大きく、おっかなく見えた。それで、やっぱりぼくの父親も、ぼくが失敗したり、よくないことをやると、露骨に、しかめっ面《つら》というか、嫌な顔をしていたんだ。ぼくはそのたびに胸がドキドキして、怒られるのが怖いというより、父親に嫌な思いをさせてしまったというのが、ものすごく悲しかったんだ。それがだんだん反発へと変わっていったわけだ。

それは、もしかしたらぼくだけの問題ではないかもしれない——そういうことを、娘たちのことを思い返しながら考えました。子どもって、やっぱり親に褒められたい、褒めてほしいんだ。だから、親には嫌な思いをさせたくない、と考えてしまう。たとえば、学校でいじめにあっていてつらくっても、それを往々にして親に訴えられないというのは、お父さんお母さんに言ってもどうせ解決しないから、とあきらめているんじゃなくて、もっと根っこのところに、親に悲しい思いや、嫌な思いをさせたくないという気持ちが、きっとあるからなんだ。ぼく自身の子どもの頃を振り返っても、そう思うのです。

亜子さんの言う「良い子」というのは、おそらく、お父さんやお母さんがいい気分になる、そしてお父さんやお母さんに褒められる、そういう「良い子」だよね。

でも、そうはなれないということが、亜子さんのなやみになっている。しかも、亜子さんは、お母さんがつくため息を聞くと、お腹が痛くなってしまうんだ。

そんななやみを抱えている時点で、亜子さんは、すごく良い子だよ。ぼくは、ほんとうにそう思います。

＊

でもね、ひたすら親に褒められるタイプの「良い子」を目指すのは、とてもたいへんなことです。中学三年生といえば、ふつうにしていても、親とはいちばん仲の悪い、なにをやってもぶつかり合う年齢でしょう？　そんな時期に、親にとっても良い子になりたい、良い子でありたいと願うだけでも、亜子さんはじゅうぶんに良い子だと思う。だからこそ、キツいんだ。

亜子さんの質問に、「以前、思い切って言ったらお母さんが怒ってしまった」とある。お母さんに、ため息をつかないでって言ってみたんだろうな。きみのお母さんに、ぼくから言ってあげたい——「お母さん、お願いだから亜子さんのことを怒らないであげてください」って。亜子さんは、あなたたちの子どもであるだけで、もうじゅうぶん、良い子なんです。ほんとうです。

そもそも子どもというのは、そこにいるだけで、親の目の前にいるだけで百点満点の親孝行をしているんだと、ぼくは思います。

これは亜子さんより、亜子さんの親の世代のおとなに聞いてほしいことなんだけど、ぼくたちは往々にして、子どもに百二十点の満足を求めようとする。でも、ほんとうは、子どもがそこにいるだけで、親はじゅうぶんに満足しなければならない。いるだけで、幸せな存在なんだ、それだけでいいんだということを、ぼくたち親は、たまには思い出さなきゃならない、と思います。

亜子さんの質問だけでは、きみのお母さんが求めている理想的な「良い子」というものが、実際にはどんな子どもであるのかがよくわかりませんが、どうかあまりに多くのことを、子どもに期待しないであげてください。

それから、亜子さん。きみは、親の期待なんて裏切っていいよ、絶対に。

ぼくもたくさん裏切ってきました。こうあってほしい、こんなふうに進んでほしいっていう親の期待を、大学に入ったときも、就職するときも、結婚するときだって、あらゆる面で、全部、裏切ってきました。

でもね、最後の最後で、親の「信頼」だけは、裏切らなかったと思うんだ。「親の期待を裏切る」なんて言うと、表現としてはマイナスのイメージになるけど、逆に、親の期待にひたすら応《こた》えていくなんて、今度は自分自身が、親の期待を絶対に越えられないということになってしまう。亜子さんの場合なら、お母さんがこんな子になりなさいと言う、その枠から逃れられないということになってしまう。

期待するというのは、子どもを窮屈にしてしまうことです。だから、ぼくなんて、親の期待は裏切ったってかまわない、と考えている。親なんて、「うちの子って、こんなだったの⁉」なんて、びっくりさせてかまわない。ただし、最後の最後で、親の信頼だけは裏切ってはいけない。それこそ、うちの子は人を殺したりしないし、ひとをいじめたりしないし、自ら命を絶ったりはしない、うちの子はがんばれる、うちの子は負けないっていう、そういう信頼です。それだけは、ぼくも裏切らないできたつもりだし、亜子さんにもそうあってほしい、と思うんだ。

たぶん、いま、亜子さんは、親の期待に応えようとしてすごく苦しんでいると思う。もちろん、最低限でいいから、親の信頼には応えてあげてほしいと思うけど、きみの言葉を読む限りでは、もうじゅうぶんに、それにも応えていると思うんだ。

親の、子どもへの信頼のいちばん根っこにある大きなものは、昨日までがそうだったように、明日もこの子は元気でいる——そのことだけなんだ。亜子さんが元気でいたら、それでもう、親の信頼に応えていることになる。そこから先の親の期待というものは、だからもう、そんなに気にしなくていいんだよ。だって、亜子さんはまだ十五歳で、親の期待をいちばん裏切る時期なんだから。親も子も、「ここから先は、まあ、いろいろあるよね……」って思ってほしいなあ、とぼくは願っています。

＊

亜子さんのお母さんやお父さんは、子どもはこんなふうななやみ方をするということを、ぜひ知ってほしいな、と思います。なによりも、いちばん悲しむべきは、子どもがなやんでいることそのものを、親が知らないということだから。この本が、さりげなく親の目に入るように、亜子さんが家の中で無造作に、ぽんっと置いておいてくれるといいんじゃないかな……と思いました。

それから、亜子さんは「どうしても家族と仲良くできない」「家族と一緒にいると、体が緊張してしまう」と言うけど、ある意味で、そのことって、すごくまっとうですよ。ぼくも、まったく同じでした。父親と一緒に晩ごはんを食べるときなんか、ものすごく緊張してしまって、嫌で嫌でしょうがなかった。「家族」って、ふつうはすごく居心地がいい場所であるはずだけど、中学生くらいになると、だんだんと居心地は悪くなるのが、成長の過程ではあたりまえになってくる。なぜって、いつまでたっても居心地がいいばかりだと、逆に子ども自身が、自分の道を歩き始めることができなくなるからね。

だから、家族と仲良くできないとか、一緒にいると緊張するとか、それは全部、OKだと思います。仲良くできない、緊張してしまう自分を責めたりする必要なんて、ぜんぜんありません。

いま、亜子さんは、自分の人生を歩き始めるための、小さな助走をスタートさせたばかりなんだよ、きっと。家族と一緒だと居心地が悪く感じるのも当然だし、親の期待とぶつかるのもあたりまえ。どうか、そう思って、元気を出してください。

自分の居場所は、ないかもしれない

ぼくには弟がいます。ぼくが小四のときに両親が離婚し、父と新しい母と新しい家族になりました。弟はすぐに生まれました。弟（いま四歳）ができて、すごくうれしくてかわいがっていたのですが、最近は、ちょっとしたことで、家族の中でぼくだけ他人みたいな気がしてしまいます。悲しくてしかたなくなってきてしまって（みんなも気をつかっている）、弟に当たったりしてしまい、歯止めがきかなくなりそうな自分が怖いんです。受験勉強していても落ち着かなくて、家を出て、落ち着いた気持ちになりたいと思うこともあります。ぼくが早く家を出たほうがみんな幸せなのではないかとも思います。中卒だとどんな仕事があるのか、調べたいと思っています。いま父親は幸せそうなので（前の母がひどかったし）、父親には言いたくありません。

祐介《ゆうすけ》くん（14歳）中3・東京都

家を出るのは、「いま」ではない。選択肢が広がるそのときまで、まだ、家にいろ。

これはすごく大きななやみで、祐介くんは、きっととても繊細で優しい子なんだと思いました。

ぼくの『卒業』という本の中に、「追伸」という小説があるんだけど、その主人公がまさに祐介くんと同じ立場にいて、新しいお母さんや新しい弟にずっとなじめずにいた男の子の話なんだ。その子は、おとなになっても新しいお母さんとうまくなじめないで、四十歳ぐらいになって初めてわかりあえる、という内容でした。

きみは「早く家を出たほうがみんな幸せなのではないか」と言っている。もしかしたら、ほんとうに、もしかしたらだけど、お父さんもお母さんも弟も、きみに気を遣って窮屈な思いをしていると考えれば、家を出るのもありかもしれない。もしかしたら、きみは家を出て、やがて家族とは疎遠《そえん》になってしまうのかもしれない。

でも、家を出るのは、いまではない。決して、いまではないんだ。どう考えたって、中学校を卒業して高校に入る、そんな年齢、そんなタイミングで、家を出てしまってはいけない。これは、はっきりそう言います。

＊

祐介くんは、自分以外の家族のことをとても思いやって考えている。それはすばらしいことだけど、もう一歩、踏み込んで考えてみてほしいのが、きみの家族の、それぞれの立場や気持ちなんだ。

まず、新しいお母さんの立場になって考えてみると、血のつながっていない子どもがいて、それでも新しく家族として一緒に過ごしてきたのに、その子は中学校を卒業すると家を出てしまう。しかも、高校には行かないで働こうとしている。……きっと、すごく悲しむと思うよ。私がいるから、祐介くんがつらい思いをして家を飛び出してしまったんだと思うだろうから。お父さんだって、どうしてなにも言ってくれなかったんだと、ショックを受けるだろう。

弟だって、いまはまだ四歳だから、なにもわからないかもしれない。けど、大きくなって、いまの祐介くんと同じ年齢になったときに、ぼくのお兄ちゃんが中学を卒業して家を飛び出したのは、もしかしたら自分がいたせいかもしれない、もし自分がいなければ、お兄ちゃんはずっと家にいたのかもしれないっていうふうに、自分を責めてしまうかもしれないんだ。

いま、祐介くんは、みんなの幸せのために家を出ようと考えているけど、もうちょっと思いめぐらしてみると、それは逆に、お父さんやお母さんや弟を、とてもつらい目に遭わせてしまうことになると思うんだ。

だから、きみはまだ、家にいろ。少なくとも、高校を卒業するまでは。

祐介くんはいま東京に住んでいるけど、高校を卒業したあと、大学進学や就職で東京を出て、あるいは家を出て、下宿したっていいんだから。ぼくも、中学・高校は山口にいたけど、大学からは東京に行った。それは、家を飛び出したかったからなんだけど、進学でも就職でも、高校を卒業してからだと、格段に選択肢が広がるんだ。仕事だって、中卒でもOKだっていう就職先と、高校卒業以上が条件だという就職先を比べてみると、圧倒的に後者のほうが数が多いし、選択肢だってぐんと広くなるんだ。

ぼくは、中卒がよくないなんて決して思わない。でも、少なくとも、家族のことを思って「高校に行かない」というのだけは、やめてほしい。自分のことではなく、ひとのことを考えて、自分の人生にあるいろいろな可能性を閉ざしてしまうのは、絶対に、やめたほうがいい。

たとえば、祐介くんがもし、将来医者や教師になりたいとしたら、必ず大学まで行かないとだめなんだよ。いまの十四歳のきみが判断したことを、十年後や二十年後のきみが振り返って、あのとき、やっぱり高校に行っていればよかった、家に残っていればよかったと後悔させたくない。絶対、そんなふうになってほしくないというのが、ぼくの、いちばんの願いなんです。

＊

家族の中で、自分だけ他人のような気がして悲しい……でもね、ほんとうは、他人でもなんでもないんだよ。家族なんだから。夫婦、つまり、お父さんとお母さんだって、もともとは他人です。でも、それでもやっぱり、家族なんだ。

ぼくの父親も母親も、自分の親に育てられていない。ぼくの母親は生まれてすぐにお父さんが亡《な》くなってしまい、母親は幼い頃、親戚《しんせき》に預けられて育った。お母さんが再婚をして妹を産んで、新しい生活が始まってからも、やっぱり新しい父親には微妙な距離を感じていたらしい。一方、ぼくの父親は、中学校に上がったあたりで、生家を出て「重松」の家に貰《もら》われていった。そういうふうにぼくの父親も母親も育ち、そして出会って結婚して、ぼくや妹が生まれた。二人とも、この家族を、すごく大切にした。

だから、祐介くん、きみがいま感じている、きみ自身の寂しさや孤独というものは、大事に持っていていいんだよ。そうすればきっと、きみがおとなになったときに、きみ自身の、いい家族がつくれると思うんだ。

家族というものを、ふつうはみんな、あって当然、両親がいて自分がいてあたりまえと思っている。でも、ほんとうは、ぜんぜん「あたりまえ」なんかじゃない。あたりまえだと考えられない祐介くんは、否応《いやおう》なしに、自分の居場所を探している。いまはたいへんだと思うし、また、受験が迫って精神的にも負担がのしかかってくる時期だから、よけいにそう感じてしまうことがあると思います。でも、ぼく自身もそうだったし、ぼくがこれまで会ってきた中学生や高校生たちもそうなんだけど、高校に上がると、ひとつ、おとなになれるんだよ。祐介くんも、いまのなやみを笑って振り返るようになれるかもしれない。ぜひ、そうなってほしいと思うんだ。

そうなるためにも、いまは、家に残って、高校へ行くこと。進学の可能性をあわてて捨ててまで家を出ていくのはやめたほうがいい。現実問題としても、中卒で働いて、一人暮らしをするといっても、十五、六歳ではアパートだって、まず借りられない。就職先だって、その年齢で一人暮らしというのでは、やっぱり見つけるのはたいへんだよ、現実的に。

お父さんやお母さんだって、きみに「出て行け」と言っているんじゃないんだから――落ち着かなくても、居場所がないように感じてしまっても、でも、いまのその家で、いろいろな寂しさを感じていて、よし。その寂しさを、かみしめていて、よし。

なんだかすごく、ぼくの書いた小説の主人公や、ぼく自身の父親、母親のことを思い出させてくれるなやみだったな。

祐介くんがおとなになったとき、かみしめてきたものが、きっと生きてくる。きみなら、いい夫に、そしていいお父さんになれるよ、絶対。ぼくはそう思います。

受験させられた!

もう、すごいショック! 私は幼稚園のとき、なんだかわからないまま受験させられて、いわゆるおじょうさん学校に入学。じつは最近、幼稚園がいっしょだった近所の男子(公立)と仲がいいんですが、立ち話(デートの約束)をしてたところを母に見つかり、「なんのためにいい女子校に行かせたと思ってるの!」と激怒されました。私は彼と同じ公立の中学に行きたい! 母は「ありえない! へんな男が世の中多いんだから、せまい世界でまちがいなくしてやりたいのに!」と怒ります。マジか? こんな母親、へん! (父親はもっとヘン!) どうしたらいいんでしょうか?

奈緒《なお》さん(12歳)小6・東京都

まずは、お互いに冷静になって、「なんのために」というのを訊いてみよう。

近所の男の子とデートの約束をしているところをお母さんに見つかって、お母さんが激怒した。……うーん、なんだか、わかる気もするなあと思ってしまいました。

＊

まずね、お母さんはショックだったんだと思います。奈緒さんのお母さんとぼくは、たぶん世代が近いと思うけど、ぼくたちがまだ子どもだった頃よりも、いまの小学六年生の女の子のほうが、おとなびていて、ある面ではずっと「女性」になっている。

ぼくも自分の娘を見ながら、まだ子ども、小学生だから……なんて言っていられないんだなあということを、いつも実感してました。だから、その面から言えば、きみが近所の男の子とデートの約束をしているところを見たときに、お母さんやお父さんがびっくりして、あわてふためいちゃったというのも、理解できる気がするんです。

まず、そうやってあわてふためいてパニックになっているときのお母さんやお父さんと話をしても、絶対にうまくいきません。親って、パニックになるとめちゃくちゃな理屈を言ってしまうんだ。「なんのためにいい女子校に行かせたと思ってるの！」「へんな男が多いんだから！」なんてね。

だからこそ奈緒さんが落ち着いて、一度、お母さんと話し合おう。

まず、「なんのためにいい女子校に行かせたと思っているのか」の、「なんのために」というのは、いったいどんなことなんだろう？　そういうことをあらためてお母さんに訊いてみよう。もしかしたら、「この女子校だったら、大学までエスカレーター式に進学できるから、その間受験勉強をしなくてもすむ。だからこの学校を選んだんだ」という答えがあるかもしれない。あるいは、小学校からずっと同じ学校にいれば、長く付き合える友だちができるからそうしたんだと言うかもしれない。

他にも、進学や就職のレベルが高いから、ミッション系だから、制服がかわいいから、いまは公立よりも私立のほうが安心だから……などなど、お母さんの言いぶんは、耳を傾ければ、いろいろあると思うんだ。

なにを求めて、なんのためにきみをこの学校に入れたのか。お母さん、お父さんの姿勢を、奈緒さんは冷静に聞いておく必要が、絶対ある。なぜなら、きみが自分で「この学校がいいんだ」と思って入学を決めたのじゃなくて、両親が決めて、なんだかわからないままそこを受験しちゃったわけだから。

その親の言いぶんをしっかりと聞いたうえで、奈緒さんが、「えー、そんなの嫌だった」「彼と同じ公立中学のほうがいい」と思うかどうか。これも、真剣に考えなくちゃいけない。

*

幼稚園や小学校といったまだ年齢の低い頃に「お受験」をして、将来エスカレーター式の附属学校なんかに入ると、たしかに受験の面では、あとあと楽かもしれない。けど、楽と同時に、選択の余地がなくなるということについては、慎重に考えなくてはいけないと思います。それこそ、大学附属の小学校、中学校、高校と上がっていって、大学へもそのままどうぞ、なんて言われても、自分は将来医者になりたいのに、その大学には医学部がないとしたら、どこかでエスカレーターから降りなきゃいけないわけだよね。

また、奈緒さんは女子校に通っているわけだけど、やっぱり男性と女性とがほぼ半々ずつのバランスでいるのが社会として通常の姿だから、男子校や女子校は、ある意味、特殊な環境になる。特殊な環境だからこそ、その学校に通っている本人が「なぜ自分はこの学校に通っているのか」ということをそこで納得できないと、やっぱり、きつくなってくると思うんだ。

まだ自分で自分の進むべき道を決めない幼いうちからそういう附属学校や女子校、男子校に入った子どもというのは、小学六年生、中学三年生という節目節目に一度、「このまま進んでいいのかな」「自分は別の道に行きたいんじゃないか」ということを、真剣に考えてみる必要があると思う。

それも、六年生や三年生の卒業間際《まぎわ》なんかだと、別の道に進もうにも、そのための準備や受験勉強の時間がもうないとかいうことにもなりかねない。できれば、小学校なら五年生、中学校なら二年生といった時期に、あらためて考えてみることが大事だと思います。

まずは奈緒さんが、お母さんの言う「なんのために」というところを、真剣に訊いてみてごらん。それと同時に、きみ自身が、「自分はなんのために公立の学校に行きたいのか」を冷静に考えてみるんだ。

きみは「彼と同じ公立の中学に行きたい!」と言うけど、男の子と女の子が好きになって付き合い始めたら、それはもう、四六時中でもずーっと一緒にいたいと思うものなんだから、そんなレベルでは、きみのお母さんは説得できないと思います。

奈緒さんがいまの学校をやめて公立の学校に移り、好きな男の子とずっと一緒にいたいと思う気持ちは、ぼくもわかる。けど、それだけで、いままでのすべてを引っ繰り返して、別の世界に行くというのは、けっこう、リスクはあると思うんです。

そのボーイフレンドとずっと仲良くしていられればいいけど、せっかく公立の同じ中学校に入っても、途中で二人がケンカして別れちゃったりしたら、どうする?

そうなっても公立の中学に進みたいと思っているのか、「その男の子と仲良くできないんだったら、いまの学校のままでもいいかな」って思うかどうかなんだ。

たとえば、その男の子と学校が違っていても、お互いの放課後だけは一緒にいるとか、日曜日には必ず会うとか、そういうことはいくらでもできる。同じ学校に入っても、クラスが違えばほとんど会えないことだってあるんだから、好きな子といつも一緒にいたいからっていう理由で、いままで通っていた学校をやめるというのは、奈緒さんもちょっとパニックになっているんじゃないかな、と思います。

＊

これまでに敷かれたレールから外れようと思うときは、「もし公立の学校に移って、そこで万が一彼氏と別れちゃっても、私は後悔しない」っていうような、はっきりとした強い意志を持っていてほしい。あとになって、「あー、やっぱりあのとき、私立をやめなきゃよかったなあ……」なんて思っちゃうと、それは悲しいじゃないか。

もしぼくが奈緒さんの親だったら――とりあえず、中学校まではいまの学校に通いなさいと言います。それで、高校に進むときに、自分の人生や、付き合っている男の子との関係も全部含めて、そこでもう一回考えようって言います。

少なくとも、いまのきみの「好きな子と同じ学校に行きたいから」では、学校を変わる理由としては弱いと思うな。「マジか？」ってきみは言うけど、パニックになると、おとなだってヘンなことを口走ったりするんだから、ちょっと冷静にね、「お母さん、なんのために私をこの学校に入れたの？」っていうのを、まずは訊いてごらん。そこからでも、「自分はどうするのか」を考えるのは、遅くないんだ。

ケンタが、いなくなった

生まれたときから飼っていた犬（ケンタ）が年で死んでしまいました。ママと妹とでずっとかわいがっていたので、家じゅうが暗い毎日です。私もケンタが死んでから、楽しいことがなにも考えられない。笑えないいんです。もう二カ月たつのにどんどん悲しくなってきて、みんなでぼんやりしてしまい、私が死んでもいいからケンタを生き返らせて！　とか、寝るときにお祈りしてしまうくらいです。ケンタの思い出ばっかりで、引っ越ししたいくらいにつらいんです。どうにかして、みんながもとのように明るくなる方法はないでしょうか。

果歩さん（14歳）中2・山梨《やまなし》県

悲しい体験に打ちのめされても、ひとは、前に進んでいける。

ぼくも子どもの頃に一度、犬を飼ったことがあります。

でも、父親が転勤族だったので引っ越さなくちゃいけなくなって、犬は友だちに飼ってもらうことにしました。何年かたって、友だちから手紙が来て、その犬が死んじゃったことがわかったんだけど、直接にかわいがっていた動物が死んでしまった経験がぼくにはありません。だから、ぼくにわかることがあるかどうか、自信はないんだけど、でも、聞いてください。

ぼくは、人間に与えられたいちばん大きな能力というのは、思い出を持つことと、物事を忘れていくことだと思っています。「覚えている」ことと、「忘れてしまう」ことというのは、人間に与えられたとても大きな能力、もっと言えば「宿命」のようなものかもしれない、と思うのです。

すべてのことを忘れ去ることができれば、きっと、楽になることはいっぱいある。おそらく、果歩さんはケンタの思い出が、いま、たくさんあるからつらくなっているんだ。思い出がなにもないほうが、みんな忘れてしまったほうが、いまは楽かもしれない、たぶん。でも、何カ月たっても、思い出は消えない。ちっとも苦しさが減らない。それでいいんだ。

思い出を忘れる必要なんかない。無理に忘れたりしなくてもいいんだ、絶対にね。ケンタと生きてきた、過ごした日々の思い出はずっと持っていてほしい、とぼくは思います。

＊

その一方で、ケンタのことをふと忘れているような一瞬、思い出していない瞬間というものが、毎日の生活の中であってもいい。四六時中、二十四時間、年中無休で死んだ犬のことを考えてばかりいるというのは、寂しいことだと思います。なぜなら、ひとは思い出を持つことはできても、思い出の中だけで生きることは、絶対にできないものだから。毎日新しいことがどんどん起きて、ほんとうは思い出の場所にとどまっていたくても、知らず知らず先に進んでいってしまうものなんだ。

もちろん、そうやって先に進んでいても、何カ月、何年たっても色褪《いろあ》せない思い出だってある。ケンタが死んじゃってもう二カ月たつけど、でも、いまはまだ、果歩さんの家族の中では、愛犬の思い出が色濃く残っている時期なんだろうな。

家族で思い出を共有しているということは、どういうことかと言うと、たとえば、果歩さんのところがお父さん、お母さんと妹との四人家族であるとして、きみがなにか他のことを考えてケンタをふと忘れているときに、きみの妹がぽろっと「ケンタがね……」と口にして、きみも悲しくなったり、きみや妹が忘れていても、今度はきみのお母さんが「ケンタがねえ……」って思い出話を始めたりして、よみがえる悲しみの感情が、家族の人数分で増えていってしまう、ということです。

だから、きみの家族全員が、いっせいに、ケンタのことをふと忘れて笑っているような瞬間というものは、なかなか訪れないかもしれない。

でも、人間というのは、ある面では身勝手で、すごくタフなものだと思います。悲しい体験をして、その思い出が何年たっても生々しくずっと残っていたら、苦しくって先へは進めないから、少しずつ少しずつ、悲しい思い出を薄めて生きていくものなんだ。果歩さんのところは、家族中がかわいがっていたケンタの思い出を共有しているから、なかなか吹っ切れないことばかりだと思うけど、もう引っ越したいくらいにつらいんだというその気持ちを、お母さんやお父さんが知ることがあるのなら——まずはお父さん、お母さんは、せめて自分たちから、しばらくケンタのことを話題にするのはやめよう、というふうに思ってほしい。思い出を大切にするとともに、悲しみからの立ち直り方、悲しい思い出の吹っ切り方というものも、親として、おとなとして、果歩さんたちに教えてあげてほしいなと思います。

最初は一日に二、三回でもいいから、ふと、悲しいことを忘れている瞬間がある。だんだんそれが十回になり、二十回になり、いつの間にか、あえて呼び出さなければ、ふだんは記憶の底に眠っているくらい、目の前の新しい現実に夢中になったり、笑ったりしている。そういう瞬間がないと、ひとは生きていけないのだから、お父さんやお母さんが、それにはこんなふうにしたらいいんだよ、悲しい思い出を持ったままでも、無理やり忘れたふりをしなくても、こうやって立ち直っていけばいいんだよということを、子どもたちに見せてあげてほしいと思います。

おとなというのは、子どもより長い時間を生きて、いろいろな体験をしている。

いろいろな体験をしているということは、つまり、たくさんの思い出を持っている、ということ。果歩さんはいま十四歳で、十四年ぶんの思い出しかないわけだけど、お父さんやお母さんは、三十何年ぶん、四十何年ぶんという思い出を持っているわけです。

でも、たくさんある思い出というのはたしかにすばらしいけど、思い出にたくさん縛られているのは、とても悲しいことなんだ。たくさんある思い出を抱えながら、人間は一歩ずつ前に進んでいくということを、おとなとして自分の体験を踏まえながら、お芝居でも、から元気でもいいから、子どもにお手本を見せてあげたい。

ぼくがよく、自分と同じくらいのおとなの世代に向かって、子どもにはたくさんの失敗談を語ってほしいと訴えるのは、そういうことなんです。おとなが、成功した話ばかりを伝えても、それは子どもにとってリアリティがない。そうではなくて、お父さんはこんなふうに落ち込んだとか、お母さんはあのときは目の前が真っ暗になったとか、そういうことを子どもに話して、「でも、いまはそこから立ち直っているでしょう」というふうに立ち直り方を示すことができたら、きっと子どもにも伝わるものがあると思うんだ。

＊

ペットをアクセサリーのように軽く扱う風潮の中で、ここまで深くケンタを愛した家族なんだから、おそらく、きみも、きみの両親とも、きっと優しいひとだと思うんだ。だからこそ果歩さんから、お父さん、お母さんにお願いしてみてほしい。もう家じゅうが思い出にひたりすぎて暗くなってしまっているから、せめて、お父さんやお母さんはケンタのことを思い出しても、悲しくて泣いてしまうようなことを言わないで、ってね。いつまでたっても懐《なつ》かしんでいるばかりだから、私も悲しみから抜け出せなくて、ここから引っ越ししたいくらいにつらいんだ、と。私や妹はお父さんやお母さんと違って子どもで、悲しい思い出からの立ち直り方もよくわからないから、お父さんやお母さんがそのお手本になって……っていうふうに、きみから両親に言ってみてほしいな、と思います。

果歩さんの家族が、一年、二年とたっていくうちに、またゆっくりとケンタの思い出を一家で語り合う——そんな時間は必ず来るし、そのときは悲しいだけじゃなくて、きっと幸せな気持ちで、ケンタのことを話し合えるはずです。

妹と、私の将来は……

妹は生まれつき、体と知能にけっこう重度の障害があります。私とは六歳離れていて、いま、障害をもつ子どもばかりの学校に通っています。妹だからもちろんかわいいけど、生まれたときの私なりのショックは覚えていて、それを親にはずっと言えずにきました。妹のことを思うと、楽しいことがあっても心から喜べない自分がいます。それで、二人きりの姉妹だし、大きくなって親が死んだら、妹の不自由な体をおぎないながら、私が面倒を見るのだと思いますが、私のような場合、将来をどんなふうに考えたらいいのでしょうか。なにか、似たようないい例が紹介されている本など、ご存じだったら教えてください。

妹にもできるだけ幸せになってほしい（施設とかに入れたくない）し、私も自分の将来を、自分なりに考えなくてはいけないと思うのです。

真帆さん（15歳）高1・神奈川県

ぼくの言うことは、きれいごとかもしれない。
でも、どうか、きみに言葉を届けたい。

きみの質問を読んで、なやみ相談のような仕事を引き受けた自分の甘さを思い知らされました。ほんとうに、真帆さんの背負っている苦しみや悲しみ、なやみというものに対して、「それはこういうことなんだよ」とぼくは教えることができない。本音を言ってしまえば、ぼく以外の、この本を手にとってくれる誰でもいいんだけど、真帆さんに与えられる言葉や、あるいは人生や幸せというものに対する哲学を伝えてあげられるひとがいたら、ほんとうに、ぼくのかわりに答えてほしい――そう思ってしまいました。

みんなのなやみに答えることのできる知識や、見識や、それを包み込むもっと大きな意味での哲学というものを、ぼく自身持ってはいない。『みんなのなやみ』という本を出しながら、自分がいかに身のほど知らずのことをしているか、打ちのめされたし、思い知らされた気分でした。

だから、いまからぼくが言うことは、ほんとうに、きれいごとです。

ほんとうにきれいごとだから、いま十五歳の真帆さんには、ぼくの回答を読んで、ぜひ「ふざけるな」と思ってほしい。あなたなんかに、私のほんとうの苦しみなんかわかるわけがない、なにをきれいごとを言っているんだ——そういうふうに、ぼくを叱《しか》るくらいの気持ちでいてください。

その上で、もしも真帆さんが、妹さんと生きていく自分の人生というものを打ち消したい、否定して、最悪の場合、もう絶望で死んでしまいたくなったりしたら、そのときに、「こんなふうに前向きに考えることだってありかもしれない」とぼくの言葉を思い出してもらえれば、ぼくはとても、嬉《うれ》しいです。

＊

ぜんぜん次元が違う話だけど、ぼくには、生まれつき吃音《きつおん》、つまり、なにかしゃべるときに、どもる癖がある。話そうと思っても、言葉がうまく口から出てこなくて、それでひと前で話すのが嫌で、学校で教科書を音読しなくちゃいけないときは、ほんとうに嫌で嫌でしょうがなかった。高校生の頃、英語の授業で順番に教科書を読んでいくんだけど、それを避けるために授業をサボったこともあるくらいなんだ。だいたい、出席番号の順番で、一人一段落ならぼくはここ、一ページならこのあたり、っていうふうに、読む箇所の予測はつく。今度は、ぼくはこのあたりを読むんだな……と思いながら、ぼくが特に苦手にしている発音、カ行とタ行が特にしゃべれなかったから、カ行やタ行の音で始まる言葉がその箇所にないかどうか、一所懸命に探していた。なかったらホッとするし、あったらもう、嫌だな、どうしよう……と。

この、「うまくしゃべれない」というのが、ぼくの最大のコンプレックスだった。コンプレックスというだけではなくて、初めて会うひとから、ぼくがどもるのを聞いて、なにか一瞬、困ったような表情や、同情するような表情だけでなく、はっきりと嫌な顔を向けられることもあったのです。

たとえば、好きになった女の子がいても、その子は、もしかしたら吃音のせいで、ぼくのことは好きになってくれないかもしれない。そういう恐れがずっとぼくにはあった。誰だって、自分の付き合う恋人が、うまく言葉をしゃべれないよりはふつうに話せたほうがいいに決まっているし、その子がぼくのことを自分の家族に紹介するときに、ぼくがどもってしまったら、お父さんやお母さんにお付き合いを反対されるかもしれない。友だちだって、「重松くんはヘンだし、もう付き合わないほうがいいんじゃない？」って言うかもしれない。

信じられないかもしれないけど、ぼくが子どもだった昔は、医学的にはぜんぜん根拠はないにもかかわらず、「どもりは遺伝する」と考えているひとがまだ多くて、ぼくは、小学生くらいから、それについてずっと、なやんでいたんだ。

でもね、あるとき、ふと思いました。ぼくは、この吃音のおかげで、相手がどういう人間か、ひとを見抜くことができるんだ、って。

どんなに表面的にはすてきな、かわいい女の子でも、ぼくがどもるというそれだけで、ぼくとは付き合いたくないというひとがいる。あるいは、どんなにいいやつに見えても、ぼくがどもったりするのを、同情や差別のまなざしで見るやつがいる。そういうのをたくさん見ていると、逆に、ぼくが吃音だということが、ほんとうにぼくのことを好きで、ちゃんとわかってくれるひととそうでないひとを振り分けるといった、ある種の踏み絵のような役割を担《にな》っていることに気がついたんだ。

たとえば、ぼくのかみさんは、ぼくの大学の同級生で、ぼくがどもることを当然、知っていた。ぼくがいろいろなところでつっかえたりしながらしゃべっていて、それで恥をかいていたのも知っていたはずだけど、そんなこと、まったく気にしないひとだった。そのことが、ぼくにはすごく嬉しかった。ずば抜けて美人だとか、そういうわけではないんだけど、なんだか、ぼくにとっては、心から「ああ、このひとに巡り会えて、なんてよかったんだろう」と思えるひとになったんだ。

それから、恋人だけじゃなく、友だちだって、うまくしゃべることができないから、なかなか親しくはなれなかった。いくら相手が表面的に友だちっぽく振る舞っていても、ぼくが言葉につっかえたりするときに一瞬、無意識にでも浮かべる同情や嫌な表情といった反応で、全部、わかってしまうんだ。ぼくといることをなにか居心地悪く思っていたり、一緒にしゃべっているとつられてどもってしまって、それが他のひとたちに聞こえたら恥ずかしい、とかね。

でも、そういう反応をするひとがいたから、逆に、いまでも友だちとして付き合えているひとたちは、ぼくがどもることなんて最初から気にせず、ぼくがどもることをもまるごと包み込んで、ぼくという人間と付き合ってくれた。これは、なににも替え難い経験だったし、そういう出会いは、ぼくをずっと支えてくれました。

＊

真帆さん、ほんとうにぼくの話なんて、きみの背負っていることとは次元が違いすぎるということは、よくわかっています。

でも、そのためにぼく自身が決して忘れられない思いをしたように、きみは、きみの妹さんの心身が他のひとに比べて不自由であるというだけで、これから先、理不尽な思いや、嫌な思いを味わうだろう。同じ十五歳でも、周りの友だちよりもずっと、きみは、差別や偏見といった人間の醜い、嫌な面に向かい合う経験を強いられるだろう。

それはとっても悔しい、つらいことだけど、真帆さん、だからこそきみは、ほんとうの優しさ、大きな心を持っている人間と、うわべだけの優しさだけで、その実は差別や偏見を根深く抱いている人間とを、しっかりと見分ける目を持つことができるはずなんだ。

真帆さんが言うように、きみはたった一人の妹さんのことと、きみ自身の人生とを、どういうかたちであれ、関連させて生きていく覚悟をしています。結婚するときは、きみはきみの相手にも、妹さんのことを人生に含み込んでともに生きていってほしいと願うでしょう。そのときに、妹さんのことがあるから付き合えない、結婚はできない、と二の足を踏んでしまう男性だっているだろう。

すごく残念で、悲しいことだけど、それによって、その男のひとの本性が、あなたにははっきりとわかるわけです。

もちろん、世の中はそんな男性ばかりではない。きっと、妹さんへの真帆さんの気持ちをすべて、まるごと引き受けて、きみと付き合いたい、付き合って、きみと結婚したいという男性が現れる。それは、強い。無敵の存在だと、ぼくは思うんだ。

いま、結婚してもすぐに離婚するひとが増えている。心の底から安心して語り合える親友がいなくて、ひとりぼっちの慣れない育児で精神的に追いつめられている母親がいる。あるいは、会社をリストラされたことを、家族にすら打ち明けられずに自ら死を選んでしまう父親といったおとなたちがいる。そういう風潮を見たり聞いたりするにつけても、真帆さんが十五歳にしてすでに背負っているものの重さと大きさと、そして尊さをあらためて思い知らされます。妹さんとの「将来」には、たしかに「不安」というハードルが高く設けられているだろう。でも、そのハードルがあるからこそ、それを乗り越えてきみとつながりたいと願うひとは、きみにとっては心から大切な、かけがえのない存在に、きっとなります。

表面的にはたくさん友だちに囲まれて、思い煩《わずら》うこともない人生が、ときには羨《うらや》ましいかもしれない。でも、親友だと思っていた友だちや、結婚してもいいと思っていた恋人が、なにかの加減で「このひとって、こんな人間だったんだ……」と本性がすっかりわかってしまって、人間不信の淵《ふち》に突き落とされてしまう。そういう悲しみは大きくて、そのときに負ってしまう傷は、きっと深い。

だから逆に考えれば、真帆さん、きみの場合は、最初に大きなハードルがあるから、それを乗り越えてきみとともにあろうとするひとは、異性でも同性でも、信じていいと思うんだ、絶対に。生まれながらの家族ではない、友だちや恋人といったそもそもは他人である誰かと、一〇〇パーセント信じ抜ける関係をお互いに持つことができるというのは、じつは、ひじょうに大きな幸せであると、ぼくは思うんだ。うわべは親しそうなひとたちと一見、たくさんつながっていても、実際のところは、心からなにも打ち明けられず、誰のことも信じられないという人間関係よりも、それは、きっと、とてつもなく幸福な関係、つながりだと思うのです。

＊

妹さんが生まれたときのショックだったことを覚えていると、真帆さんは言いました。妹さんのことを思うと、楽しいことがあっても心から喜べない自分がいる、と。――真帆さん、きみはなんて優しい心を持っているんだろう。

「優しい」という漢字は、人偏に「憂《うれ》い」と書くけど、ひとが誰か他のひとのことを憂えること、自分以外のひとのことを心から考えて、悲しんだり、苦しんだりするということが「優しい」ということなんだと、ぼくは思っています。

その文字通りの意味において、真帆さん、きみは妹さんの存在によって、あなたは自分の中に、とても優しい感情をこれまで育《はぐく》んできたのだと思います。なにか、おかしな言い方になってしまうかもしれないけど、楽しいことがあっても心から喜べない自分というものを、大切にしてください。心の底で、いつも妹さんを思いやり、気にかけている。そのことは、きみのきれいな気持ちのあらわれです。そういう自分のことを、まずはきみ自身が、力いっぱい肯定してあげてください。

ぼくがほんとうに心配するのは、「楽しいことがあっても心から喜べない、そういう自分のことが嫌いだ」といって、きみが二重三重に落ち込んだり、なんらかの罪悪感を抱いて自分を責めたりしてしまうということなんだ。どうか、きみ自身のすばらしい優しさや妹さんへの気持ちを、きみ自身の中でどうかまるごと、肯定してほしい。そのうえで、妹さんのことを切り離さずに、きみと一緒につながっていこうとする友だちや恋人と巡り会うことができたら、そのときには、心から笑ったり、喜んだりしていると思う。そういう時間は、きっとやって来る。

ぼくの言うことは、きれいごとだと思うかもしれない。自分でも、そうかもしれない、ほんとうに、ぼくが言っていることは、単なるきれいごとかもしれない、と思います。いまのきみの、すぐ目の前にあるなやみや苦しみを解決する言葉を、まるで持つことができないでいるという自責の気持ちで、いっぱいになっています。

でも、もし、きみが妹さんのことを負担に思ってしまって、自分の人生を否定してしまいたくなるときが訪れたら、なにか、甘くてきれいごとだったけど、こんなことを言っていたひとがいたな……というふうに思い出してくれたら、ぼくにとっては、なにより嬉《うれ》しいだろうと思います。

障害のある姉妹や兄弟といっしょに生きていく話で、真帆さんの参考になりそうなものはすぐには思い出せないんだけど、たとえば、作家の大江健三郎さんの小説には、ご自身の障害のある息子さんをモデルにしたものがあります。きょうだいではなく、子どもについての言葉なんだけど、大江さんのエッセイなどは、きっときみの参考になると思うから、難しいかもしれないけど、ぜひ読んでみてください。

＊

この本をつくるにあたって、ぼくのもとにはこれまでにたくさん、「友だちはいても、心から許し合える関係にはなかなかなれない」というなやみが寄せられてきました。でも、いま、大きなハードルの前にたたずむきみには、信じるに値するひと、心からわかりあえるひとが、きっと現れる。いまはきれいごとのように聞こえてしまうかもしれないけど、この疑心暗鬼な時代に、まるで奇蹟《きせき》のような信頼で結ばれる関係が、必ず、きみには訪れます。

そのことを、いまは信じられなくても、真帆さん、どうか自分の人生を、精いっぱい肯定してほしい。きみが、きみ自身の人生を悲観して否定してしまったら、きみとつながっている妹さんの人生だって、否定されてしまうんだ。だから、どうか、きみはきみ自身の人生を好きになってほしい。そういうふうに思わせてくれるひとの存在を信じて、自分の人生を、大切に、いとおしく思ってほしい。

それが結果として、きみと妹さんの二人ともを、幸せにしてくれる。ぼくは、そう祈っているし、心から、信じています。

親の宗教から、抜け出したい

両親ともに新宗教（名前は隠させてください）に入っています。ぼくも小さいうちから会合に連れていかれ、遊んでもらったりやさしくしてもらったりして楽しかったのですが、最近はなんか気持ち悪くて、もう行きたくない。彼女に言ったらふられそうだし。親の親も入っていたので、しかたないとは思うけれど、ぼくは不自由です。親からは、抜けるのならば縁を切るぞ、ともおどかされます。そんなふうだからいやなんです。親を説得できるいい言い方はないか、教えてください。

洋一くん（14歳）中2・神奈川県

信じること自体は、悪いことではない。その大前提の、先にあること。

これはひじょうにデリケートで、シビアな問題です。生半可に答えてはいけない質問ですから、いろいろと考えつつ、慎重に答えたいと思います。

これは洋一くんだけのことではなくて、もっと広く受け止めていきたい問題なんだけど、一九九五年のオウム真理教の事件以降は特に、さまざまな宗教がさまざまな社会的な問題を引き起こすたび、宗教、信仰を持っていることに対して、ぼくたちおとなが、なにか偏見の目を持ってしまうことが往々にしてあります。

それこそ洋一くんが言うように、彼女に打ち明けたらふられるのは当然だと、おとなのほうが思ってしまう。この「ふられて当然」という偏見も、キリスト教や仏教というようなポピュラーな宗教ではなく、あまりひとに知られていないような宗教に入っていることに対する、世の中の警戒心がベースになっている。社会の側がそうであることを洋一くんも感じているから、「彼女に言ったらふられそうだ」という不安を持っているんだと思います。

＊

でも、まず大きな前提としてとらえておきたいのは、神様でも仏様でもいいんだけど、「宗教を信じる」というそれ自体は、決して、悪いことでも、恥ずかしいことでもない、ということ。ひとから変な目で見られてしまう理由なんて、これっぽっちもないんです。

世界に目を向ければ、それこそイスラエルとパレスチナの争いにも、宗教の問題が根深く関係しているし、イラクとアメリカの戦争にも、「イスラム教対キリスト教」という枠組みが大きく影響しています。宗教を持つというのは、決して特別なものではなくて、世界レベルで考えると、むしろ宗教を持たない人のほうがめずらしいという見方だってできるんです。

宗教の中には、昔からある仏教やキリスト教のさまざまな宗派もあれば、洋一くんのいう「新宗教」と呼ばれるような、歴史が浅くて組織としてもそんなに大きくないものがある。

その新宗教の団体が、犯罪的なことにかかわっている組織や集団であったりする場合は別だけど、一般の人があまり知らないような宗教を信じることそれ自体は、ぜんぜん悪いことではありません。ぼく自身は、多くの日本人がそうであるように、クリスマスはキリスト教信者のようなふりをしてお祝いをし、お正月には神社に出かけて初詣《はつもうで》をして、死んだら仏教でお葬式をあげるつもりです。結婚式は、そういえば神社でやりました。つまり、特定の信仰は持たないで、浅く、薄く、ゆるく宗教と付き合っているわけです。

そういうぼくと違って、ぼくの知り合いにも、一つの宗教をしっかりと信じているひとは何人かいます。ときどき、彼らを見ていて「信じるものを持つということは、強いなあ」と思うことがあります。ぼくたちの多くは、宗教のように、しっかりと信じられるものを持たないから、逆に不安になったり、右往左往したりしているんじゃないか……と思ったりもする。

しかし、その一方で、自分の宗教を信じすぎてしまって、「俺が信じているのはすごくいい神様なんだから、重松、おまえもそれを信じてみろ」と勧めにきたりもする。当の本人は、嫌がらせのために誘っているわけでもなければ、組織の中で自分のランクを上げるために勧誘しているのでもなくて、ただ純粋に、善意や好意で、自分の信じる神様、宗教をぼくに勧めにくる。

ぼくは、そういうときはいつも「嫌だ」と答えます。なんで嫌かと言うと、その宗教団体が、有名か無名か、組織として大きいか小さいか、あるいは、世間一般の常識から見て奇妙な修行をしているかどうかは関係なく、ただ単純に、自分のことは自分で考えたい、と思っているからです。

なにかを信じていて、しばしば、それを信じすぎてしまうことがある。ひじょうに盲信的、あるいは狂信的に信じてしまって、自分自身で判断を下すことができなくなる。まさに、オウム真理教の事件がそうだったんだけど、教祖がサリンを撒《ま》けと言ったら撒く、教祖がひとを殺せといったら殺してしまうというように、「信じすぎる」ことが人間としての判断を失わせる場合が、残念だけどあるのです。

信じる神様を持たないことで、不安になったりする。でも、ぼくは、宗教を持たない不安や心細さを背負うのと引き換えに、自分のことは自分で考えたい。なにが間違っていて、なにが正しいのかということは、その宗教の教義や、神様の言葉ではなくて、自分の経験や想像力で判断していこうと思っているから、ぼくは、これからも特定の宗教は持たないつもりです。

＊

しかし、繰り返し言いますが、宗教を持つこと、なにかを強く信じることそれ自体は、決して、悪いことではありません。

これを確認したうえで、洋一くんの質問に答えていきたいと思います。

ぼくの知り合いの例でも話したように、誰かが自分の宗教を他人に勧めるのは、心の底から、ほんとうに良かれと思って勧めるのです。「あなたのために勧めているんです」「おまえのためを思って勧誘しているのだ」と。その言葉は本心からのものであり、おそらく、そこに嘘《うそ》はないでしょう。洋一くんのお父さんやお母さんが、まだ子どもである洋一くんを会合に連れていったのも、その宗教の教えをいまも信じなさいと言うのも、それが良いことで、洋一くんの幸せのためだからと信じてやっていることなのです。

ところが、洋一くん自身はすでに「もう嫌だ」と思っている。嫌なんだけど、お父さん、お母さんの前では、「嫌だ」と言うだけでは太刀打ちできない。これが、きみのいまの状況なんだと思います。

　もうはっきりしていることだけど、問題なのは、「あなたの幸せのためだから」という善意や好意は、それを向けられた側は、必ずしも納得していない場合がある、ということです。

　それこそ、ぼくだったら、知り合いからどんなに勧誘を受けても、やっぱり「余計なお世話だ」と思うし、はっきりと断ってしまう。ひとによっては、ぼくのそんな態度に対して、「地獄へ落ちるぞ」「不幸になるぞ」という言葉を投げかけたりもするし、そのせいで去っていって、もう二度と会わなくなった友だちもいるけど、それはしょうがない。ぼくはもうおとなだし、自分の判断で何事も決めたいし、去っていったひとは、友だちといっても、しょせんは他人です。

　でも、洋一くんのいまの状況は、ぼくのようにシンプルではない。きみはまだ中学生で、中学生ということは、まだ親の庇護《ひご》のもとでなければ生活ができない子どもという意味で、自分を庇護すべきはずのその親が、宗教を勧める。しかも、そこから抜けるならば、親子の縁を切ると子どもを脅している。

ぼくが、きみの質問の内容でいちばん驚いたのが、「教えを信じなければ、親子の縁を切る」という点でした。きみのお父さんやお母さん、もっと言えば、きみのお祖父《じい》ちゃんやお祖母《ばあ》ちゃんの代からきみの家が信じていた宗教は、そういう教えなのか、ということに驚愕《きょうがく》しました。それがほんとうだとすれば——その宗教は、「自分の言いつけに背いた子どもは、縁を切りなさい」と教えているのでしょうか?

洋一くんは、まずはそれをお父さん、お母さんに確認したらいいと思うんだ。「お父さんとお母さんが信じている宗教では、そうなっているわけ?」って。もし、そういう教えは実際には教義にはなくて、かわりに「親子というものは、とても大切なものである」というような教えがあるとしたら、「抜けるなら縁を切る」ときみのお父さんやお母さんが言ってしまうこと自体が、教えに背いていることになる。

もしも「抜けるなら、たとえ子どもであっても縁を切りなさい」という教えが実際にある宗教ならば、まさにきみの質問にもあったように、「そんなふうだから、嫌なんだ」と、はっきり言うしかないと思う。

＊

実際には、この質問の文章だけでは、きみのお父さんやお母さんの信仰の度合い、あるいは、その宗教の教えというものはわからないから、直接的には言えないことが多いのだけど、洋一くんがその宗教の会合にほんとうに行きたくなければ、行かなければいい。そのことで、親から脅しではなくて、ほんとうに縁を切られてしまったら、それは親として子どもの養育義務を放棄するわけだから、きみは虐待《ぎゃくたい》を両親から受けたということで、現実として、警察なり児童相談所っていうものの出番になってくると思う。

ただ、洋一くんがいま「嫌だ」と思っているのが、単に「なにか宗教って気持ち悪いし、もう会合にも行きたくないな……」といった程度の心境ならば、正面突破しようとしても、お父さん、お母さんに、まっとうな意味合いで、負けてしまうかもしれないな。

それでは、どうしたらいいか。

ぼくが洋一くんの立場ならば――と考えていくと、まずきみは、会合に連れていかれるのが嫌なわけだよね。だったら、とにかく、会合があって親から強制的に誘われそうな日は、先回りしてその日の予定を入れてしまえ。塾でも、部活でも、なんでもいい。できれば、友だちとの約束なんていうものよりも、塾や模試、部活のように「休めない」というような用事がいい。

それで、親からなにか言われたら、「どうしても休めない」「ぼくは、そっちに行かなくちゃならないんだからわかってよ」と言う。お父さん、お母さんにとっては、宗教の行事や会合のほうが大事かもしれないけど、ぼくはまだ中学生なんだから、学校や塾の行事のほうが大切なのはしょうがないよ、と言えばいい。

ポイントは、正面切って「その宗教が嫌なんだ」と言う前に、会合に行くよりも、いまのぼくにはもっと大切なことがあるんだ、とまず言ってみることです。そこで、もしもっと踏み込んで問われたら、そこで初めて「自分は会合に行きたくない、なぜならば……」と言えばいい。

きみは、質問の中で、お父さんやお母さんを、その宗教から抜けさせたいとは書いていない。だから、親を説得する言い方としては、「お父さんやお母さんが、その宗教を信じていること自体をやめてと言っているんじゃないんだよ、ただ、ぼくは今日は会合に出るよりも、部活の試合を優先させたいだけなんだ」と、ある種の取引ではないけど、そういう順序を踏んでいったほうが、結果的にだけど、うまく親を説得できると思うのです。

＊

ここまでのことを、まとめます。

まず、宗教の会合に行くということと、その宗教を信じるということを、ちょっと分けて考えること。

会合に行きたくないと思うのであれば、まずは、別の用事をどんどんつくる。どうしても休めないと親も納得できるような用事を先回りしてつくって、会合よりも、そっちを選ぶということを繰り返し言って、やりつづける。これが第一段階。

もしきみの親が、「会合がいちばん優先なのに、おまえはなにを言っているんだ」と怒り出したら、「お父さん、お母さんが信仰しているぶんには、ぼくはなにも言わないし否定もしないけど、でも、ぼくは活動をしたくない」とはっきり宣言するしかない。これが第二段階。

それで、第三段階として、「抜けるのならば縁を切る」と言われたら、「でも、ほんとうに親子の縁を切ってもいいと教義に書いてあるの？」と聞き返す。自分はお父さん、お母さんの子どもとして、育ててもらう権利がある。その権利は侵害されるものではない。もし侵害されたら、それはもう育児放棄という虐待のレベルになってしまう。そう言いつづけるしかない。

忘れてはならないのが、お父さん、お母さんの立場からしたら、まず、きみのために良かれと思って勧めているということ。自分の父親、母親の代からの信仰なのに、自分の息子がそれを嫌がっているのは良くないことでもあり、また、恥ずかしいことでもある、それは自分たちがだめなせいである——そう思い込んでいるかもしれなくて、もしそうならば、どこかできみは親と妥協することを考えたほうがいいかもしれない。これまでの三段階でも親を説得できなければ、それこそ中学を卒業するまでは、我慢してときどきは会合に付き合う、とかね。

そうやって中学を卒業して、高校に進学するか、あるいは就職するときに、宗教を信じて自分にそれを押しつけてくる親と一緒に暮らすことと、家を出て自活して暮らすことと、どちらが自分の幸せかというのを考えなくてはならなくなるだろう

――ぼくは、きみがおとなではなくて、まだ親の保護が必要な十四歳の子どもであるのに、もうそんな厳しい選択を迫られていると思うと、ほんとうに胸が痛くなる。胸が痛いけど、もう家を出るしか方法がないというところまできみが追いつめられているとすれば、一つの方法として、児童相談所のようなところに相談することもできる。

でも、実際問題として、これだとまた、別な厳しさがきみを襲うだろうということは、容易に想像がつく。だから、とにかくいまは、なるべく学校がらみ、塾がらみの用事を先回りしてつくって、会合だけでもなんとか避けることを優先させて、親との全面対決は回避するという妥協案をとるしかないと思います。

*

その宗教が、どんな内容で、どの程度なら信仰によってふつうの生活が侵害されると言い得るか、詳しく知らないと、ほんとうは判断できない事柄です。

ただね、小さい頃は楽しかったけど、いまはなんだか気持ち悪くて――というきみの言葉の中に、曖昧《あいまい》な、漠然とした「偏見」をまったく感じないわけではないいんだ。宗教に入っているなんてかっこ悪くて、とか、神様を信じているなんてヤバいよみたいな、そういう、世間一般の見方にきみが乗っかっているだけなら、心から信仰しているひとには、ぜったいに勝てないし、会合に出たくないというきみの願いも通らないだろうね。「嘘も方便」という言葉があるけど、なるべく親の論理と真っ向から対決しないで、うまい口実をつくって逃げるしかないんだ。

そうしないと、下手をすれば、きみが現実に親と暮らせなくなるかどうかの瀬戸《せと》際《ぎわ》が、すぐにやって来てしまう。

ずるい妥協案しか言えなくて、ほんとうに申し訳ないんだけど、いまは、うまく親の攻撃をかわしてごまかしなよ。そうしながら、きみ自身が、宗教っていったいなんなのかということを、考えていってほしい。それしかないんじゃないかと思っている。

交通事故のあとで

父が交通事故を起こして、相手の方が亡《な》くなりました（車対歩行者でしたが、歩行者だった相手が飛び出したということ）。父とほぼ同じ年齢で、小四の子どもが一人いるそうです。毎日その奥さんから電話がかかってきて、母は謝っています。そのひとは、私たちがまだ幸せなのが許せないと言っているようです。父も少しケガをして入院しています。わりと近くのひとなので（私たち家族の姿も、偶然でも見たくはないとのことで）父が退院したら、別のところに引っ越すという話がもちあがっています。相手の家族はほんとうにかわいそうだと思いながらも、私の家が引っ越すのもへんなふうに思えるのですが、どう考えればいいのでしょうか。

淳子《じゅんこ》さん（15歳）中3・千葉県

きみや、相手の家族が、少しでも気持ちを楽にできるように。

ぼくの父親は、いまはもう定年退職したけど、ずっと運送会社に勤めていました。トラックで荷物を運ぶ仕事です。そうすると、いろいろな交通事故を見てしまうわけです。トラックだから、ひとを轢《ひ》いたり、ふつうの乗用車とぶつかったりしたら、相手のほうは亡くなってしまいます。父親はドライバーではなかったけど、自分の会社の運転手さんが事故を起こして相手が亡くなると、そのひとのお葬式に、会社の代表として参列する。それで、遺族からものを投げられたり、帰ってくれと言われたり、いろいろなことがあったみたいです。

もちろん、会社の同僚のドライバーが亡くなることもあって、そのときの遺《のこ》された奥さんや子どもの悲しみも、父親は間近に見てきました。父親自身も交通事故に遭っています。これはすごい話で、たまたまその前日に父親の会社のドライバーが事故を起こして、相手が亡くなり、そのひと自身も大ケガをした。長距離運転の仕事で荷物を運んだ先で事故を起こしたそのひとを地元の病院に入れなおすために、父親がそのひとを後部座席に乗せて車を走らせているとき、横から信号無視の陸送の車が突っ込んできて、父親は三カ月ほど入院し、後部座席にいた運転手さんは亡くなりました。前の日には自分が事故を起こして相手が亡くなり、その翌日には自分が亡くなってしまった……。ほんとうに、車は怖いとつくづく思います。

＊

だから、淳子さんのお父さんが事故を起こした苦しみも、それから、被害者の遺族の悲しみも、まったく、ひとごとのようには思えない。

最優先すべきは、「みんなが幸せになるには、どうすればいいか」ということだと思う。正しさや筋、あるいは、人間としての強さというものは、とても大切なことだけど、でも、正しさや筋、強さを貫いて、その結果として、誰も幸せにならないのなら、意味がない。ずるくて、弱くて、曲がっていても、結果としてみんなが幸せで、笑っていられるのなら、ぼくはそっちのほうがいい。

そういうことから言って、ぼくがいちばん心配なのは、被害者の奥さんから毎日電話がかかってきて、謝らなければならないきみのお母さんのことです。きみのお母さんは、いま、精神的に相当まいっているのではないかな、と思うのです。もちろん、被害者の奥さんだって、悲しみのあまりに精神の安定というものを失っているだろう。ただ、被害者の奥さんの電話の内容が、慰謝料をもっと払えというような内容ではなくて、自分のところは夫に急に先立たれたのにもかかわらず、淳子さんの一家がまだ幸せなのが許せないんだって言われてしまうと——それは、ひじょうに怖い。入院しているお父さんも不安だと思うし、電話を受けるお母さんは、精神的にかなりつらい立場に立たされているんじゃないかと心配です。こんなふうには決して考えたくはないけど、恨みや復讐《ふくしゆう》ということも、不安としては考えられると思うんだ。だから、もしもいまのところから引っ越せば、もうその電話はかかってこないだろうと思うのだったら、ぼくは、そうしたほうがいいと思います。

一方、被害者の奥さんの立場で考えれば、たとえ淳子さんのお父さんに一〇〇パーセントの非があるわけではなくても、やっぱりあなたたち一家の姿を見たくはないだろう。その気持ちも、理解できる。淳子さんのお父さんやお母さんも、遺族のことを思って、自分たちは引っ越しをして近所から姿を消したほうがいい、そう考えているのかもしれない。

誰もが幸せに、穏やかな気持ちでいられることを優先する理論でいくと、このまま淳子さんの家族がいまの家にいると、被害者の奥さんは、ずっと苦しいままかもしれないし、それによって、きみのお父さんやお母さんも、ずっと苦しむかもしれない。いまのままだと、誰の苦しみも軽くならないかもしれないんだ。でも、きみの家族が引っ越すことで、結果的に少しでも穏やかさが戻ってくるのなら、それも「あり」だと思う。

住み慣れたところを引っ越すのはとても悲しいことだし、淳子さんの家が持ち家なら、いまからそれを売るのはたいへんかもしれない。でも、「私は圧力には屈しないぞ、負けないぞ」という正しさ、強さを最優先してしまって、結果的にとても不幸になるくらいだったら、悲しくても、寂しくても、納得いかなくても、貧乏になってしまっても、やっぱり、引っ越したほうがいいという考え方だってあると思うんだ。

ただ、この引っ越しというのは、決して状況から逃げるためのものではないんだ。

それは、淳子さんによく伝えたい。おそらく、きみのお父さん、お母さんは、相手の家族にじゅうぶんな謝罪と金銭的な償いをして、そのうえで、いまの状況よりも、もうちょっとだけでも穏やかな状況にするために、引っ越しを考えているんじゃないかと思うんだ。べつに、相手に謝罪や償いをしたくないからここから逃げちゃえ、っていう考えじゃないと思う。

そうしたら、淳子さん、嫌かもしれないし納得できないかもしれないけど、親と一緒に引っ越そうよ。ありきたりな言い方になってしまうけど、交通事故って、結局、被害者も加害者も一生苦しむものなんだ。だから、少しでも、その両方が楽になることを優先したほうがいい。ぼくはそう思います。

＊

新聞やテレビのニュースで、スピードの出しすぎや飲酒運転で、若いひとが事故を起こして死んでいくのが報道されているけど、十八や二十のそんな年齢で、たくさんのひとが死んでしまうなんて、子どもをもつ親の立場として、ぼくはたまらない気持ちになる。

事故にあって死ぬときは、ほんとうに一瞬のことだもの。もしも自分の娘が、友だちの飲酒運転の車に乗っていて、事故に巻き込まれて死ぬようなことがあったら、ぼくは、その友だちを、一生許すことができないと思う。その友だちも一緒に亡くなるようなことがあっても、やっぱり、感情の面ではどうしようもなくなってしまって、その友だちの親を恨む気持ちが湧《わ》いてしまうんじゃないかと思うんだ。でも、いちばん許されないのは、危ないとわかっている飲酒運転の車なんかに乗ってしまうような娘を育てた自分かもしれない……そういう気持ちにもなるから、娘たちには、車に乗ることだけは絶対に気をつけろと言っている。

本音を言えば、自分の娘には免許を取ってほしくない。ぼくも、いまは、ほとんど車の運転はしていません。なんだか、おっかなくって……。もちろん、車の運転が生活にどうしても欠かせない場合だってあるから、そんなことは言っていられないことはあるけど、誰の人生も、一瞬で奪い、一瞬で大きく変えてしまうことがある、ということだけは、肝に銘じておきたい。

＊

ぼくは法律の専門家でもないし、心理学や医学の専門家でもない。こんなに重い質問を寄せてくれたひとの求めていることに、うまく答えられていないかもしれないんだけど、でも、ぼくは、どんなとき、どんな状況でも、「幸せ」が最優先されるべき、と考えています。

その場合の「幸せ」とは、べつにお金があるから幸せで、なかったら不幸、というものではない。晩ごはんをとてもおいしく食べることができて、夜はぐっすり眠ることができる――その状況をつくるためにどうすればいいか、ということを最優先に考えたいと思っている。

もしかしたら、きみたちにとっては無責任に感じちゃう意見かもしれないけど、でも、どうにかして、今晩はおいしくごはんを食べて、ぐっすりと眠ってほしい。

そう思っています。

2章

「からだ」と「恋愛」

ピアスしちゃダメ？

おとなはどうしてピアスに反対するんでしょうか……。いま、母親とケンカ中です。校則で禁止されていても、学校を卒業したらそんな理由は関係なくなると思う。でも、ただ「ダメだ」と言われるばかりで、どうしてダメなのか、まったくわかりません。髪を染めたときは、そんなに怒られなかったのに……。どうして「ピアスはダメ」なんですか？

有希さん（16歳）高2・滋賀《しが》県

子どもの体は、誰のものだろう。

ほんとうに、「自分だけの体」なんだろうか。


ぼくも二人の娘の父親です。

いまはまだピアスの問題に直面してはいませんが、いずれはウチの娘も有希さんと同じようなことを言い出すんだろうな、と覚悟しています。そして、たぶん、ぼくも有希さんのお母さんと同じように「絶対にだめ!」と言いつづけるんだろうな、とも……。

お母さんの味方についたので、ガクッときちゃった?

でも、ちょっと親の気持ちを聞いてほしいんだ。「ピアスは校則で禁止されているから、許しません」というレベルではなく、もっと深い、「子どもの体と親の気持ち」の関係について――。

＊

有希さんが、「自分の体」を意識したのは、何歳ぐらいですか。

つまり、友だちと遊んでいる、お父さんやお母さんと一緒にいる、この体が自分なんだという実感のこと。「右手を動かそう」と思ったら、自分の右手は動きます。でも、まわりの友だちの右手は動かない。自分がごはんを食べなかったら、自分のおなかは腹ぺこになるけど、ほかのひとのおなかは無関係。あたりまえだよね。でも、そんなあたりまえのことも、生まれたての赤ん坊の頃にはわからないのです。「ものごころつく」という言い方があるけど、それをここでは「自分の体を認識すること」の意味で使いたいと思います。

ものごころついた子どもは、「自分の体は自分のもの」と考えます。これもあたりまえ。「自分の体なんだから大切にする」のと同じように、「自分の体なんだから、もっときれいになりたい」と思うのもあたりまえだし、「きれいになるためにはピアスの穴を開けたっていいじゃないか」と思うことも、「だって自分の体なんだから」という前提付きで成立します。

ところが、親はそうじゃないんだ。残念ながら、そこまで理屈で割り切って考えることはできない。なぜなら、親は「ものごころつく前」の我が子のことも知っているからです。

赤ん坊が生まれるというのは、「無」から「有」が出現することです。一年足らず前には影も形もなかった我が子が、いま、ここにいて、産声《うぶごえ》をあげている――それって、すごいことだと思うのです。感動的なことだと思うのです。そのときの両親の感動は、有希さんにも想像がつくでしょう?

しかし、親は感動してばかりはいられません。今度は、生まれたてのホヤホヤの命を守らなくちゃいけない。小さな体です。弱々しい体です。誰かに守ってもらわないと生き抜いていけない命なのです。

おなかが空《す》いたらミルクを飲ませる。寒かったら暖かくする。ウンチが出なければ出ないで大騒ぎだし、下痢をしたらもっとたいへんだし、熱を出そうものなら、そりゃあもう……。

赤ちゃんを「育てる」というのは、「守る」ことなのです。ケガをしないように、病気にならないように、元気に、健やかに……と祈りながら、一所懸命に両親は我が子を育てていくのです。

もちろん、「ものごころつく前」の赤ちゃんにはなにもわからない。気がついたときには、もう自分の体は自分のものになっているのです。一方、親は親で、「自分が守り、育ててきた我が子の体」という意識がある。いわば、「この子の体は、私たちのものでもある」と思ってしまうわけですね。

髪を染めたときにはあまり怒られなかったのに――?

それはそうでしょう。だって髪の毛はまた生えてくるんだから。

でも、耳に穴を開けることは（たとえ塞《ふさ》ぐことができたとしても）、やっぱり親としては抵抗がある。こっちがこんなに大切に育ててきた体を、お洒落《しやれ》のために傷つけるなんてとんでもない、と。

有希さんのお母さんがピアスに反対する理由は――いや、ピアスに限らず、タトゥーでも、プチ整形でも、あるいはセックスの問題でも、最後の最後は「子どもの体は誰のものなのか」という問いに行き着きます。

有希さんに言わせれば「そんなの、私のものに決まってるじゃない」になるでしょう。

でも、お母さんからすれば「なに自分勝手なことを言ってるの！」と叱《しか》りたくなる。赤ん坊の頃とは違って、きみはもう、すべてを親に守ってもらっているわけじゃない。それでも、高校生――未成年、扶養家族、キツい言い方をするなら、半人前。お母さんが「あなたの体だからといって、あなた一人の自由にできるものじゃない」と言いたい気持ち、ぼくは同じ親としてわかる気がします。有希さんは、娘として、どうですか？

＊

さて、じゃあ、どうすればお母さんを説得できるのか。

「だって、私の体なんだから自由にできる権利があるでしょ！」と言い張るだけでは、話は絶対にまとまりません。

だとすれば、有希さん、きみは一つの「卒業」の証《あかし》を見せなくちゃいけない。

自分が生まれたときから、この体を守り、育ててくれたのは、両親。それを認めたうえで「でも、そろそろ、私の体のことは私に任せてくれない？」と訴えるしかない。自分で責任を負う覚悟と、医学的なものも含めてのさまざまな裏付けを示していかないと、説得できない。

たとえば「ピアスの穴開けるから、お金ちょうだい」では、やっぱり無理でしょう。「病院以外で開けると危ないんじゃないの？」とお母さんに訊《き》かれて、そのお店がいかに衛生面で安全かを説明できないようでは、誰も納得してくれないんじゃないか。

そして、なにより、「どうしてピアスの穴を開けたいの？」「いまじゃないと、ほんとうにだめなの？」「自分で生活できるようになってからじゃ遅いの？」といった問いに、きみはどう答えますか？

まずは、その答えを自分で見つけなきゃ。あるいは「いつだったらいいの？」「じゃあ高校を出たらOK？」と、話を先に進めて、お母さんとの間で「卒業」の時期を決めなきゃ。

それがなにも言えないうちは——申し訳ないけど、ぼくはずっとお母さんを応援するだろうと思う。

太ってるんです。

小さいときからすごく太っています。親も妹もデブで、デブ家族です。最近すごく気になってきて、栄養とかダイエットの本とか読むと、やっぱり家《うち》は食べすぎだし、油っこいものが多いからみんな太っているんだと思います。母親になんとか考えてほしい、このままではカレシもできないと言っているのですが、太ってても私は楽しいわよと言われてしまいました。たしかに楽しそうに見えるのでナニも言えないのですが、あんまり太ると病気になると本に書いてありました。家にはお菓子とかいっぱい、食事もこのままなら、私はどうしたらいいのでしょうか。

成美《なるみ》さん（13歳）中1・東京都

「なんとかしたい」のなら、自分でそうしよう。

たしかに、成美さんの言うように、太っていると病気になりやすい。糖尿病とかね。それから、直接に病気になるだけではなくて、体調全般も悪くなるし、体を動かすいろいろなことが億劫《おっくう》になったりもする。

ぼくも太っているから、きみの気持ちはよくわかる。やっぱり、ぼくも油っこいものが好きなんだよね。食べる量を減らそうと思っているけど、なかなか減らせないんだ、これが。

＊

成美さんが主張しているのは、まず、母親になんとか考えてほしい、ということです。このままでは健康に悪いし、彼氏はできないしで、「お母さん、どうにかしてよ」と言っているわけですが、お母さんは聞いてくれない。「太ってても私は楽しいわよ」と言われてしまう。うん、お母さん、偉いねえ。いいお母さんだよ。

まずね、根本的な問題として、油っこいものがたくさん並んでいても、それから家にお菓子がたくさんあっても、それを食べなければいいんじゃないかな。「食べない」のは、成美さんの意志でなんとかなるわけじゃない？

晩ごはんのおかずにとんかつが五切れあったら、三切れでお箸《はし》を置いて「ごちそうさま」をする。それは成美さんひとりの意志でできることだと思うんだ。家にお菓子があっても私は食べない！　という意志を持たないで、最初から「お母さん、なんとかしてよ」みたいな感じで言うのは、それはちょっと、無責任というか、甘えすぎてないかなという気持ちがします。

きみの体重はわからないけど、もうこれ以上太りたくないんだ、瘦《や》せたいんだっていう気持ちを成美さんがしっかり持っていれば、たとえ食卓に油っこいものがたくさん並んでいたって、箸を付けずにいることはできるはずだ。お菓子の誘惑も振り切れるはずだよ。まずはそこから考えようよ。

もちろん、成美さんが食事や間食に気をつけているのに、お母さんから無理やり、油っこいものやお菓子を強制的に食べさせられて、それでどうしても痩せられなくて困ってますというのなら、それはお母さんが悪いなあと思います。けれど、きみのなやみの範囲では、「それは成美さんの意志の問題なんじゃない？」で終わってしまうよ。

だから、とにかく、まずはきみが「食べすぎない」「運動をする」ことが先で、そこを抜きにしてお母さんに「なんとかしてよ」って言わないこと。成美さんは自分以外の家族の健康のことも気にかけているわけだから、そしたら、お母さんに文句を言うだけじゃなくて、きみ自身が、「お肉ばっかりじゃなくて、私がサラダをつくるよ」って言ったっていいじゃないか。もう中一なんだし、自分でアクションを起こしてなにかをやっていってほしいな。食べすぎない、お菓子を我慢する、運動をする、サラダをつくる。これは全部、きみが起こせるアクションだよ。

＊

ぼくは小学校六年生の頃がいちばん太っていました。いまでも太っているんだけど、食べる量を減らそうと思いつつも、ぼくの場合は、「もう太っててもいいや」──

とたくさん食べています。……自分でも、ちょっと意志が弱いなあと思ってはいるけど、もうこれは、自己責任だからね。かみさんに「晩飯が油っこいから、こんなに太っちゃったよ！」なんて逆ギレみたいなことは言えないもの。もし、自分の娘がそんなことを言ったら、ぼくなら怒ると思うなあ。

サラダって言ったけど、野菜は生よりも、一度茹《ゆ》でたほうがたくさん食べられるみたいです。ぼくの家でも、茹で野菜のストックをたくさんつくっておいて、ごはんのたびにそれが出てくる。耐熱容器にバーンと入れて電子レンジで温め直したり、冷たいまんまだったり。もやしなんかも、茹でるとたくさん食べられて、それだけでお腹《なか》がいっぱいになったりする。そんなふうに成美さん自身でできることはいっぱいあると思います。

ぼくがいちばん心配なのが、何年かたったあと、「私がこんなに太ったのはお母さんのせいだ」というふうにきみがなっちゃうこと。ほんとうは、そうじゃないのはわかっているよね。少なくとも、もう中学生になっているのだから、自分の食べるもののコントロールは、自分の意志でできるようになってほしいな、と思います。

「付き合う」こと

最近、違うクラスの子から付き合ってくださいと告白されました。ぜんぜん話したことがないひとだけど、いいかなと思ってOKの返事をしました。でも、前にも彼女がいましたが、正直に言って、ぼくはどういうことがちゃんと「付き合っている」ことになるのか、よくわかりません。あまり男どうしではこういう話はしないので、誰にも聞けません。どういうことが付き合うことなのでしょうか。

稔《みのる》くん（13歳）中2・東京都

好きでもなんでもない女子からしょっちゅうメールがきて、つきまとわれて困っています。はっきりと言わないからおまえが悪いと友だちは言います。しかしその女子も、好きだとかそういうことをぼくにきちんと言うわけではないので、しかたがないのではと思います。たまに気分がいいときは、ちょっと返事を出したりもしてしまうのですが、こういう場合、もうやめてくれと言うべきですか。なんだか悪い気がして言えないのは、そうとうまずいですか。

智宏《ともひろ》くん（13歳）中1・神奈川《かながわ》県

おとなも、子どもも、「付き合う」ことがわからないんだ。

ぼくの中学校時代は、女子と二人で話しているだけで、通りかかった男の友だちから「ディクショナリィ！」と声がかかった。

いったい「辞書！」ってなんの話かと言うと、「デキてる」という意味なんです。

デキてる、デキテル、デクテリィ、ディクショナリィ……。

それで、「ディクショナリィ」！　とっても、中学生チックなお話でした。

＊

稔くんと智宏くんの相談ですが、おとなもいま、同じことでなやんでいるんだ。

パソコンや携帯なんかで「出会い系サイト」というものがあります。出会い系だなんて、よくよく考えてみればすごいネーミングだと思うんだけど、その名が示すとおり、みんな「出会い」が欲しいんだ。欲しいんだけど、出会ったあとにどう付き合うのかがわからない。本来ならば「付き合う」ための段階として「出会い」があるはずが、「出会い」の局面ばかりが肥大してきている。出会うことばかりが目的化されて、付き合い下手が進行している。事態として、これは子どもの「虐待《ぎゃくたい》」の問題ともからんでくるんじゃないか。

赤ちゃんを産みたい、子どもが欲しい、親になりたい……そういう願望を全面的に語り、たしかに子どもが誕生した瞬間は感動した。問題は、生まれてきた赤ちゃんと、そこから「付き合い」が始まるということ。それを考えずに、とにかく「赤ちゃんが欲しい」だけで子どもをつくってしまって、「えー、赤ちゃんてこんなに泣くの」と気づいたときには「やっぱ、もう、いらない」と平気で思ってしまう。子どもへの虐待の問題には、このような精神の働きがひそんでいると思うのです。

それでは、「付き合う」って、いったい、どういうことなんだろう。

インターネット上のサイトを利用するなら、それこそ、「出会い」なんて簡単に手に入るし、ただの「回数」の問題にしかならない。でも、「付き合う」は、回数ではなく「深さ」の問題になるんだ。「深さ」には果てがない。ひとによってもその測り方が違うから、みんなが参考にできるお手本もない。

そこまで考えてみたとき、稔くんの「どういうことが『付き合う』ことなのか」という問いかけは、ひじょうに深い意味合いを帯びてくる。恋人どうしにおける「付き合い」だけではなくて、そのほかの人間関係だって、よく考えたら、わからなくなる。

親友ってどういう付き合いをしている者どうしのことを言うの？　友だちって、どういう付き合いをするの？　「ぼくたちはいまから友だち」という言葉をかわしたら、そのあと、どうすればいいんだっけ……？

これからは、「付き合う」ことそのものが、根本から問い直される時代が来るような気がしています。

＊

稔くんの場合、きみとその女の子がなにを求めているのか、というのが肝心だよね。「一緒に帰りたい」なら、いいよ、一緒に帰ろう。交換日記がしたい。いいじゃない？　やってみようよ。友だちどうしで「休み時間にションベン行こうぜ」

「いいぜ」なんていうのも付き合いだと思うから、稔くんが、一緒に映画を見に行きたいのか、日曜日にディズニーランドに行きたいのか、「彼女となにを一緒にしたいのか」というディテールが、すなわち「付き合い」なんじゃないのかな？「付き合うとは○○ということなり」なんて、なにか総合的・絶対的な言葉が先にあるわけじゃない、と思うんだ。

よく、「恋に恋する」なんていう言い回しがあります。それと同じように、「この子と自分とでなにをしたら楽しいかな」という実質を考えないところで、「付き合うとはなんぞや」という言葉にふりまわされちゃうと、いきなりマニュアルに頼ってしまうことになる。マニュアル世代とはぼくたちの頃から言われ始めたんだけど、いまにいたって、「ディテールを考えないあまり、マニュアルに頼る」ことが普遍的な問題になってしまった。

だから、稔くんは、デートマニュアルなんて読んじゃだめだよ。彼女と今日これをやって楽しかった、じゃあまたやってみたい、これはつまらなかった、じゃあ今度はやめよう……というディテールを重ねていけば、それが「付き合う」ことになっていく。親友だって、「さあ、今日から俺たちは親友だ！」と宣言するんじゃなくて、日々のディテールの積み重ねで、結果的にそれが「親友」に値する「付き合い」になっていくんだから。

「型から入る」ことができないのは不安だろうけど、シンプルに、「この人となにをしたら楽しいか」ということを、二人で一緒に考えるところから始めたっていいんじゃないかな。

でも、稔くん、カノジョがいるっていいな。いやほんと、うらやましい。ぼくには息子はいないけど、もし息子がいて、こういうなやみを打ち明けられたら、「とにかくまあ、がんばれよ」って言ってやりたい。おまえはいいなあ、もてるじゃんか、なんて言ってみたいね。

＊

さて、お待たせしました、智宏くん。

きみはね、メールに返事を出すのは、やめておきなさい。「迷惑なんだ」でもなんでもいいから、友だちの忠告どおり、はっきりと断らなきゃいけないよ。「悪い気がして言えないのは、そうとうまずいですか」って、そんなおもしろいことを言っている場合じゃないぜ。

まったく、「気分がいいときは、ちょっと返事を出したりもしてしまう」なんて、いちばん深みにはまるパターンなんだってば。

ぼくの言うことが信じられない、って言うんだったら——それじゃあ、次の相談を見てみよう。

付き合っている女子がいて、年上で大学生です。クラブで知り合ってそのまま、という感じでした。ぼくはいわゆる進学校に行っているので、そろそろ受験に身を入れようと思い、彼女に「しばらく会えない」と話したらものすごく怒りだし、二週間に一回は必ず会って、（親をだまして）朝までラブホテルに泊まることを約束させられました。彼女はすごくセックスが好きで、ホテル代も彼女持ちです。ぼくもそこにハマったようなところもありますが、いずれ別れるつもりだったので、困り果てています。親はなんとか適当にごまかせると思いますが、なんとなくうしろめたいし、うまく別れるにはどうしたらいいのか、彼女には強く言えずに困っています。アドバイスをお願いします。

隼人《はやと》くん（17歳）高3・東京都

ラブホに行っている場合じゃないよ。

隼人くんがこの彼女に「強く言え」たとしても、彼女のほうが、きみに対してすっぱり別れたがらない可能性が大だ。

前の相談をしてくれた智宏くんも同じなんだけど、きみたち自身に、彼女との間にディテールを積み上げていって付き合っていく気持ちがないのであれば、惰性でずるずると相手に応《こた》えてメールを断らなかったり、つい会ってはホテルに行っちゃったりすること自体が、彼女に対して「悪い」ことなんだからね。——隼人くんの場合、このままだと、マジな話、お互い、もっと傷が深くなって取り返しがつかないことになっちゃいそうだぞ。

＊

きみはまだ十七歳で、これからいっぱい、女の子とも出会うだろう。その中には、いまの彼女みたいなタイプの女の子もいるだろうけど、そういうひとも含め、もっといろいろなひとと出会ってほしい、とぼくは思います。男の子にとって女の子、女の子にとって男の子というふうに、自分にとっての「異性」とは、なにを考えているのかいちばんわからない相手のことでもあるだろう。

隼人くんはいま、すごくなやんでいるだろうけど、簡単にはわからない、わかりあえない相手とアプローチをかわしていくという体験を思春期に重ねることができるのは、きっといいことなんだと思う。

そのことを踏まえながらも、隼人くんは彼女と別れるときに、「自分は打算的な人間だったんだ」ということを忘れるなよ。最初から、いずれは別れるつもりだった……ということを、ごまかしちゃいけない。だって、その年上の彼女は彼女なりに、きみとの関係にディテールを積み上げていたはずなんだから。

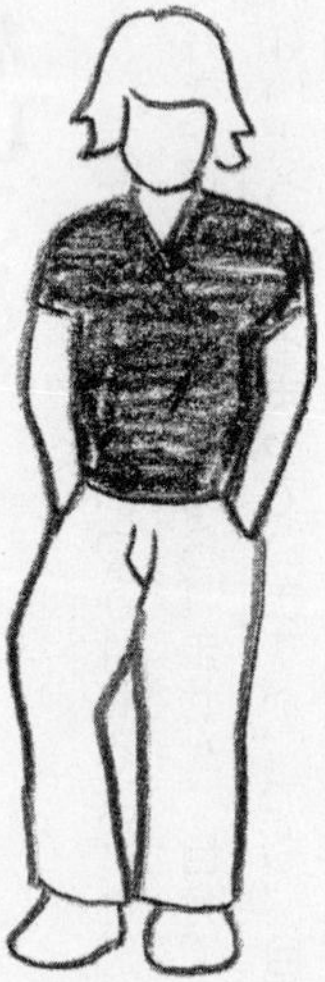

二股って、いけないこと？

彼氏が二人います。二股です。友だちからは「いつかばれるよ」と忠告されるのですが、どっちもすごく好きだし、一人に決められません。自分でもやっぱりうしろめたいから、ばれないようにふるまっていますが、でも、自分の気持ちに正直になって考えても、結婚の相手じゃないのに、どうして付き合う相手を一人に決めないといけないのか、よくわからないのです。私はどうすべきなんでしょうか。

弘恵《ひろえ》さん（17歳）高2・東京都

きみの「うしろめたさ」の正体、を考えてみる。

どうして彼氏は一人に決めないといけないんだろう……という疑問と同時に、弘恵さんは、きみ自身の「うしろめたい」という感情を、言葉にしている。その感情は、どこから来ているんだろうか。まずは、そこから考えていこう。

＊

単刀直入に言って、その「うしろめたさ」っていうのは、弘恵さんが付き合っている二人の男の子に対するものだよね。もし、その彼氏が二人とも、「きみ以外にも彼女がいるんだよ」っていうような相手だったら——つまり、きみと同じく二股をかけている男の子たちだったら、弘恵さん自身、うしろめたさは持たないと思う。

一方、二人の彼氏はそろって二人とも、きみをオンリーワンの存在——弘恵さんだけが好き、というふうに思っていて、おそらくきみ自身もそのことをわかっているから「やっぱり、うしろめたい……」と感じてしまうんだと思う。

だから、「好きという思い」が釣り合っていない、ということなんだよね。

「人類学」という、ひとがつくる文化や社会の成り立ちを研究する学問では、ひとはどのようにして他人との間でモノを贈ったり、交換したりしているか、というテーマがある。そんなに難しい学問の話でなくても、たとえば、ひとから百を与えてもらったら、自分も百を返さなきゃいけない。一万円のなにかをもらったら、一万円のなにかで返さなきゃいけないよね。これで、釣り合いがとれるわけ。

でも、一万円のモノをもらっているのに、三百円のモノしか返さなかったら、やっぱり、釣り合いがとれない。なのに、三百円のモノを渡した相手には「これ、一万円もしたんだよ」って言っちゃっているわけだ。だから、「いつか三百円ってバレちゃったら、ヤバいよ……」っていうことになる。

それぞれの彼氏は、「好き」の気持ちを一〇〇パーセント、きみだけに注いでいて、でも、A君、B君二人の彼氏に対する弘恵さんの「好き」は、五〇パーセントずつの分割だ。きみの彼氏が二人とも、きみに対して二股をかけているような男の子たちだったら、釣り合いだってとれるだろうけど、実際には、そうじゃない。

釣り合いがとれていないというのが、きみの「うしろめたさ」の正体なんだ。

＊

ひとはひとを好きになると、その相手にも、自分のことを好きになってほしいと願う。赤ちゃんがお母さんを求めるように、最終的には、相手を独占したくなる。

結婚をするわけではないから、べつに一人に決めなくても、という気持ちはあるだろうけど、仮に、弘恵さんに「このひとにすべてを注ぎたい」っていう相手ができて、その男の子が二股をかけていたら、きみはどう思う？　絶対に怒るでしょう？

恋人でも夫婦の関係でも、この社会が一対一を基本にしているというのは、やっぱり、それなりの理由があるんだ。

弘恵さんが、「私は大好きなひとが二股してても平気」という姿勢なのか、それとも、相手からは二股はかけられたくないと思っているのか、どちらかはわからないけど、同性・異性にかかわらず、人間関係の根っこにあって、いちばんややこしいものは、嫉妬《しっと》――ひとをうらやんだり、あるいはひとからなにかを「奪われたくない」っていう思いなんだ。

これはすごくやっかいな感情で、弘恵さんが「私は嫉妬だってしたことがない」って言うんだったらかまわないけど、きみに独占したい相手が現れたり、いまのA君、B君がそれぞれきみを独占したいと思ったら、きみはだいじょうぶかな？

おとなの世界で言っちゃえば、「不倫」なんか、相手がすでに結婚していることを最初は割り切っているつもりでも、やがて関係がぬきさしならなくなって「奥さんと私、どっちを取るの！」という修羅場を迎えることなんて、ほんとうによくあることなんだよね。三角関係って、ぜんぜん簡単じゃない。

ましてや、十七の高校生の頃ならば、もっと、まっすぐに、自分の「好きだ」という思いを一〇〇パーセントでぶつけるよね。そのときに、相手からだって一〇〇パーセントで返ってこないと、自分が否定されたような気持ちになってしまう。

＊

きみの「どっちもすごく好きだし、一人に決められない」という気持ちは、ぜんぜん、かまわないと思う。でもね、友だちの忠告と同じく、いつかバレるぞ、とぼくも思う。それぞれの彼氏をだましていることになるわけだから。

「あなたには一〇〇パーセントの愛は注げない。だって、もう一人、いるんだもの」というところまでは、弘恵さんの率直な思いだもの、しょうがないよね。でも、それを黙っているのは、裏切り行為だ。二股がバレたとき、A君とB君はその裏切りに対して、ものすごく怒るかもしれない。もっと心配なのは、嫉妬の感情がヤバい方向でむき出しになることで、一〇〇パーセント注いだ愛がだまされていたと知ったら……三角関係がもつれちゃう事件なんて、いくらでもあるんだよ。

ぼくはそれが怖いと思うから、ほんとうに「二股でいいじゃん」って思っているんだったら、それを相手に言わなくちゃ、だめだと思う。それから、自分の中のうしろめたさを消せないんだったら、どちらかを選ぶしかない、と思うんだ。

ひとを好きになるのは理屈じゃない。だから、どうしようもないところがあると思うんだよ、きみの気持ちにだって。

でも、二股をかけているということと、それを相手に黙っているということは、別問題。ほんとうに好きな相手は、だましてはだめなんだ、絶対に。

どうして、ストーカー呼ばわりなの？

好きな男子に告白してふられました。でも、まだ好きなので、同じクラスだし、話しかけたりふつうにしていたら、「ストーカーだ」とその男子から言われ、その男子の友だちからも同じように言われて、すごくショックで悲しくなりました。その男子からは、一カ月もたったのに、いまだに嫌なことを言われます。ふられたら、もう話したりしてはいけないんですか。

春香さん（12歳）小6・岡山県

告白されちゃった男の子の、微妙な気持ちを考えてみる。

同級生への告白は、うまくいけばいいけど、ダメだった場合のリスクが大きい。次の日から、恥ずかしくてもなんでも毎日顔を合わせなければならないわけだし、ふられちゃったら逃げ場がなくって、たいへんなんだ。

ぼくのかみさんは大学の同級生です。じつを言うと、ぼくも学生時代に「もしも告白してふられちゃったら、逃げ場がないな……」と、ずーっと「好きです」が言えなかった。大学を卒業してすぐ、ふられたとしてももう会わずにすむんだからと腹をくくって、「好きです」「付き合ってください」を省略して、いきなり「結婚しよう」と申し込んだんだ。だから、ぼくは彼女に「好きです」と言ったことがない。よくまあそれでOKしてくれたもんだと思うけど、いま思い返しても学生時代は、告白してもふられてしまったら逃げ隠れできる場所がなくなってしまうし……と、悶々《もんもん》としていました。

そういうリスクやプレッシャーはあるけど、でも、ふられてもその子のことは好きだし、好きだからふつうにして話しかけるという春香さんは、きっとすごく明るくて、いい女の子なんだろうなあと、ぼくはほんとうに思いました。

＊

じゃあ次は、告白された男の子の気持ちに立って考えてみようか。

こういう場合、やっぱり、男の子のほうが深刻に考えてしまうことはあり得る。告白されたけれどもふっちゃった——ちょっと悪かったかなあというような気持ちがその男の子にあるとして、なにか落ち着かない気分でいるときに、ふられた女の子がいままでと変わらないそぶりで話しかけてきたら、やっぱり、わけがわからなくなっちゃうと思うんだ。春香さんの明るさや前向きさが、その男の子にとっては変なプレッシャーになってしまったあげく、「もう話しかけてくんなよ、ストーカーかよ」っていう言い方になってしまったのかもしれない。

それにしても、「ストーカー」って言い方はひどいよなと、ぼくも思います。まったく、ひどい言い方だけど、男子って「ふられたら（ふったら）もう二度と――」みたいなきまじめさが備わっていたりするものだから、ふられたんだから話しかけないのがふつうなのに、という思いが、きつい表現で出てしまったのかもしれない。

もし逆に、男の子のほうがきみに告白して、それできみからふられてしまったとしたら、おそらく、話しかけてはこないと思う。ふられたんだからもうダメ、すべてを一回断ち切ってしまう。そんな「けじめ」を相手の男の子が持っていて、春香さんの「ふられたんだ、ふーん、でもふられたけれどもいいじゃない」という平気さ、明るさが、その男の子の負担になっちゃってたことも考えられます。

きみの質問に「一カ月もたったのに、いまだに嫌なことを言われます」とあるけど、春香さんはふられた直後からもう、ふだんどおりに話しかけていたのかな？

少年の理想としては――少なくともぼくがその男の子の立場だったら、告白してきた女の子をふったあとの一カ月くらいは、その子に元気に話しかけられたくないんだなあ。なにか、その女の子にはしょんぼり沈んでいてほしいものなんです。

なんで？　って思うかもしれないけど、告白された側の微妙な男心の話をしているのでそのままつづけると、もうショックで話しかけられなくなっちゃったというのを女の子からアピールされると、今度は、「ああ、いままでふつうに話しかけてきたのに、あの子はぼくにふられてしまったから、最近元気がなくなったんだ」なんていうふうに男の子は思う場合がある。やっぱりかわいそうなことをしたかなと逆に不安になって、男の子のほうからきみに話しかけてくることもあると思う。

だから、少なくとも一カ月は黙って過ごして、二カ月、三カ月目あたりからちょっとずつ、その子に対してもとの明るさを取り戻していくように接したほうが得策。男の子から見て、悲しみの淵《ふち》から少しずつ立ち直りつつある女の子ってすごく魅力的に見えるものなんだから、きみがその男の子のことをまだ好きだったのなら、「ふっちゃったけど、なにか助けてあげたい」と思わせるようなけなげさを訴えることで、「この子って、いい子だったのかも」と、あんがい、きみのことを再発見ののちに好きになったりさせることだって、あり得たかもしれないよ。

＊

男の子って、ロマンチックな展開が好きなんだ。恋愛には作戦が必要なんだから、そのことを踏まえたうえで、直後は遠ざかって、少しずつタイミングを見計らって話しかけながら、たとえば告白したことについても「ごめんね、変なこと言っちゃって」みたいな感じで謝ってみたりなんかすると、あんがいと「やー、そんなことないって」なんて具合にいくこともあるんじゃないかな。

きみの前向きな明るさを、またうまくコントロールしていけばいいんじゃないかなあと思う。同級生だとしたら、まだまだその男子と先があるかもしれないし、ぜんぜん別の男の子を好きになったりするかもしれないけど、だいたい、男はカッコつけてるものだから、カッコつけてる人間が告白されるときのプレッシャーみたいなものはわかってあげて、いい作戦を練って、チャンスをねらってください。

3章

学校生活

給食がつらい

ぼくは、給食を食べるのがとても遅いです。給食を残してもいい分量は決まっていて、それでも食べられないので、いつも昼休みのそうじの時間まで残されて食べさせられます。給食のせいで、学校に行くのがいやです。

裕太くん（10歳）小5・茨城《いばらき》県

子どもは、家畜なんかじゃない。

これはね、はっきり言います。お父さん、お母さんに相談して、先生に言いなさい。まだこんな現実があるのかと思うと、ぼくは絶望的に悲しい。

裕太くんは五年生だから、小学校卒業まであと二年間もある。中学校も給食かもしれない。給食のせいで学校が嫌いになっちゃったら、ものすごく不幸な話だし、「ふざけるな」って学校の先生に言いたい。

＊

まず、「給食を残してもいい分量は決まっている」って、いったい、そんなものがどうやって決められるの？ 小学五年生なんていったら、体格の差もどんどん出てくる。食べられる量だって、みんなまちまちであったとしても、ちっともおかしなことじゃない。

しかも、最後まで残されて食べさせられる。まさに、「食べさせられます」という表現が、問題のすべてを言い表していると思うんだ。食事を「食べさせられる」のは家畜です。人間は「食べる」んです。自分の意思で、「ごちそうさま」を言う権利だってあるんだ。

「今日の朝はごはんをたくさん食べちゃったから、これでおなかいっぱいです」——これのどこがいけないんだ。どこがいけないんだか、教えてほしい。昼休みに、最後まで残って食べなきゃならない理由を教えてくれ。まわりでは、そうじをしているんだよね。おいおい先生、衛生面を考えないのか?

これはね、ぼく自身の小学校時代の話だよ。三十年前の光景がよみがえる。

学校には、休憩時間にしかトイレに行ってはいけないとか、いねむりをしてはいけないとか、いろいろなきまりがある。もちろん、授業中に「おなかが減った」と騒がれたって先生は困るよ。だけど、給食の時間だからといって、いろいろな違いがあって当然の子どもたちが、いっせいにごはんを食べなくちゃいけないというのも、よくよく考えたら、体にとっては不自然なことなんじゃないのか。

学校という場を守るために必要だから、不自然なこともやらざるをえないのであれば、その不自然な環境の中で、少しでも楽しく、食事ができるようにしてあげるのが、おとなが果たすべき正しい「教育」の姿勢だと思うんだ。

給食専用の部屋をつくったりして、いま、現実に給食の時間をいかに楽しく過ごすかということを、いろいろな学校が試みています。その一方で、まだこんな話があるのかと思うと、心から悲しい。拒食症や過食症の問題も含めて、思春期に「食」をめぐるストレスをためてしまうということは、ひじょうに怖いことなんだ。

裕太くんには、お父さん、お母さんに相談して、勇気を出して先生に言ってほしい。この文章を、コピーして見せたっていい。どうか、学校に行くのを嫌にならないでほしい。くり返すけれども、ごはんを食べるのはほんとうは楽しい時間のはず。「食べさせられる」のは家畜。子どもは、家畜なんかじゃないはずだ。

部活をつづけていく自信

　ぼくのなやみは、クラブ活動のことです。中学生になってバスケットボール部に入りました。理由は、特にないのですが、中学までは運動部に入っているほうが多いので、なんとなく決めて入りました。部活はまじめにしているのですが、あまり運動神経が良くないので、先輩からわざとボールを遠くにとばされたり、同じ学年でも悪口を言われたりします。せっかく一年間がんばりましたが、レギュラーになれないと思うし、後輩が入ってくると、ますますみんなからばかにされるのかなーと考えると、部活をつづけていく自信がありません。また、いまから別のクラブに入る自信もありません。先生は「がんばってつづけろ」と言いますが、つづける意味はあるのでしょうか。

直樹《なおき》くん（14歳）中2・北海道

大切なのは、好きか、嫌いか、ということ。きみは、バスケットは好きかな？

部活を最後までやったことで、内申書や高校の推薦入学に役立つのであれば、つづけることにメリットはあるでしょう。

それでは、メリットではなくて、「意味」で考えたらどうか。

ぼくの小説に『卒業ホームラン』というものがあります。すごく下手なんだけど野球が大好きな子がいて、その子のお父さんは別の部活にしたらいいんじゃないかって言うんだけど、息子は、やっぱり野球部に入りたい、だって野球が好きなんだもんって言うわけ。

ぼくが直樹くんに問いたいのは、「きみが、バスケットを好きかどうか」ということなのです。

＊

クラブには、なんとなくここと決めて入った。レギュラーにはなれない。バカにされるし、つづけていく自信がない。

……「バスケットは好きだ」とか、逆に「嫌いになってしまった」という言葉がひと言も入っていなかったのが、ほんとうはちょっと残念でした。

もし「ぼくはバスケットが好きなんですが……」という前提があったら、直樹くんには「がんばって部活をつづけろよ」と言いたい。「もうバスケットなんか嫌なんだ」と訴えるのであれば、「だったら、そのクラブはやめてもいいかもしれないな」と言うと思うのです。

きみたちの生活の中で、「部活」は、とっても大きな要素を持っているよね。

ぼくは高校時代、ハンドボール部に入っていた。でも、一年生の終わりに退部しちゃった。理由は、「もっとほかに、いろいろなことがしたかったから」。

そもそも、どうしてハンドボール部に入ったかというのも、列車通学していたのが大きな要因なんだ。ぼくが高校時代を過ごしたところは田舎で、列車は一時間に一本しかない。野球部やサッカー部の部活動だと遅くまで練習があって、列車に乗る頃はもう夜の七時半くらい。家に着くのなんて九時頃になっちゃうんだよ。その点、ハンドボール部はわりと早くに活動が終わるクラブだったから、六時十三分の列車で帰ることができた。

中学校までは野球部員だったのに、高校になってから、これまでやったことのないハンドボール部に入ったのも、この時間の差にわけがあったんだ。われながら安易だった。

もちろん、そんな動機で入部した部活でも、ルールを覚えて、それなりに活動して、楽しいこともありました。でも、「もっとギターを弾きたいな」「魚釣りにだって行きたい」とか、自分の世界や興味が広がっていくにつれて、「ほんとうはハンドボールが好きで好きでしょうがなくて入ったわけではない」ということが、部活をつづける最終的なネックになっていったんだ。

特に、運動部だと時間と体力の負担が大きいから、よっぽど「これが好き」というモチベーションがないと、部活をつづけることがつらくなってくる。きみがこのまま、意地になって部活をつづけることも尊いと思う。後輩にバカにされる《ママ》されながらも、くじけずにやめないというのもカッコいい。

だけど、途中でハンドボール部をやめた根性なしの先輩としては、「別の世界を広げてみる」という発想で退部することだって、現実問題「あり」なんだぜ、とアドバイスしたい。

「毎日練習づけで、ほかのことがなにもできない」という部活反対論者もいる。それと部活賛成論者とかみあうのはたった一点だけ、「ほんとうにこれが好きなのかどうか」。好きなことだったら、真夏の炎天下にグラウンド五十周だってできる。なんか嫌だなあ……って思っていたら、放課後の一時間の練習でも大きな負担に感じるでしょう?

ひとつやり始めたことをなしとげることにも、大きな意味はある。でも、「あれ、こっちじゃなかったな」と判断して、早めに引き返すことも大事だとぼくは思います。学校の先生が見たら、「なんてけしからん考え方だ!」って言うかもしれないけどね。

ぼくは作家だけど、「入社一年目で出版社を辞めていなかったら、きっと作家にはなってないな」と思っている。また、書き始めたものの、どうも気分がのっていけない小説があったら、無理矢理にラストシーンまでもっていくのではなく、「イチから書き直しちゃえ」って、それまで書いたものを捨ててしまうことだってあります。そこにためらいは持ちたくない。つづけることに価値があるように、やめてやり直すことにも価値があるんだと思いたい。

肝心なのは、「好きか、嫌いか」ということだけだと思うんだ。

直樹くんに考えてもらいたいのは、クラブをつづけていく「自信」やいまから別のクラブに入る「自信」以前に「好き」というパワーがあるかどうか、なんです。クラブをつづけていく「好き」というパワー、別のクラブに入る「好き」というパワーが、いまの直樹くんには、ちょっと欠けちゃっているのかもしれないよ。だからこそ、「別のクラブ」と言ってみたときに、どのクラブに今度は入ろうと考えているのか、きみ自身も、イメージが持てないのだと思います。

＊

最終的には、「好き」はどんなことをするときにでも、すごく大きい原動力になる。ぼくは小説を書くのが好きだから、徹夜をしてもがんばれる。ぼくが働くことによって、ぼくの好きなかみさんや娘たちが、幸せな生活をおくっているんだと思えるからがんばれる。

一方で、特に中学生の年齢だと、自分の中にある「好き」はなかなか認めたくない感情でもある。「○○が好き」と言うより、「○○は嫌い」と言うほうがカッコいい。「好き」という感情に対する照れくささは、誰でも持っていてあたりまえなんだ。

だから、みんなに胸をはって、「ぼくは○○が好きです」なんて宣言する必要はありません。みんなの前ではちょっとすねたふりをして、「○○なんてどうでもいいんだ」という顔をしていてもいい。

でも、自分の心の中ではひそかに、「……でも、ほんとうはこれが好きなんだよね」っていう気持ちは、持っておいたほうがいいと思うんだよ。

23

キンパチ先生?

うちの学校のメーワク国語教師のことです。なんかみょうにキンパチ先生?みたいで青春がどうだとか生きがいがどうだとかしらけるようなことばっかり言って、みんなしらっとしてても気づきません。どうしたら受験がセーフかっていうことや、友だち付き合いのことでせいいっぱいなのに、自分の若い頃の話とかしてて、イライラするんです。時代が違う! そんなよけいなことを言わない先生のほうが、みんな信頼しているんです。ホントにイライラするし、時間がもったいないので、なんとか授業だけしてもらえる方法はないでしょうか。

祥子さん(15歳)中3・神奈川県

先生の話の腰は上手に折ろう。ところで、「みんな」ってほんとうにクラス全員のこと?

ごめん、これは、大笑いしてしまいました。もしかしたら、ぼくがこうやって答えていることも、祥子さんが「イライラする」と感じる態度の一種かもしれない、という気がしたので——。

＊

仮に一クラスを三十人としよう。そこで、祥子さんにもわかっていてほしいのは、先生は一人で、それに対する生徒のほうは三十人もいる、ということ。三十人全員にとって「いい先生」ということはありえないし、また、よほどの場合でなければ「三十人全員にとって悪い先生」ということも、逆にありえない。

祥子さんはこの国語の先生が大嫌いみたいだけど、「あの熱血がいいのよねー」

なんて思っている同級生はクラスにいるかもしれないよ？「みんなしらっとして……」というその「みんな」って、クラス全員かどうかは、ほんとうはわからないよね。

そのことは、忘れちゃいけない。絶対に。

それでも、時間がもったいないし、先生はよけいなことを言わないでほしい、ということなんだけども——昔から、ぼくが学生の時にも思い出話の好きな先生はいました。それに対抗して、生徒はどうしたか。先生の思い出話が一段落したところで生徒が、声を合わせて言うわけです。「で？」って。いいチームワークで「で？」「それで？」「だから？」なんて、みんなで先生に言っていた。

先生に対して、単純に意地悪をしていたわけじゃない。「先生の若い頃の話はよくわかりました。で、それと、いまのぼくたちとの間にある接点はなんですか？」という使い方での「で？」なんだ。先生だって、「で？」と生徒から言われたときに「これこれ……こういうつながりがあるので、きみたちにも言っておきたかった」と切り返せる先生か、いきなりその時点で話が終わる先生なのか、はたまた逆ギレしてしまう先生なのか、いろいろな対応があった。

ぼくたちおとなが子どもと付き合うときに押さえておかなければならないのが、時代は移りかわっているにもかかわらず、おとなは自分たちの少年・青春時代をベースにしてものを考えがちである、ということ。「昔はああだった、こうだった」と言ったあとに、では、そのことがいまの時代とどうつながるのか、というブリッジを持っていないことが意外と多い。だから——子どものほうから発せられる「で？」という声や問いかけは、たんに先生の話の腰を折っているのではなくて、じつは、深い意味がこもっているのだと思います。

＊

それから、もう一つ。

授業だけをちゃんとしてくれればいい、そういう方法はないでしょうか……ときみが言うのであれば、先生がしっかり授業をしている間は気をそらさないで、ちゃんと、真剣に聴くんだよ。まっすぐに授業をやっているときにはろくに聴いていなくて、雑談になったとたんに「ちょっとやめてよ」だったら、スジが通らないだろう？

本気の態度で授業を受けて、もし先生の話が脇道《わきみち》にそれそうになったら、そのときに、「いま、授業の内容そのものが大切でおもしろくなっているので、先生、先に進めてください」と言えばいい。先生の心理としても、先生自らが脇にそれてしまうのは、たいてい授業がダレた調子になっているときで、授業の本筋で生徒が真剣にくいついているときには、わざわざ関係ない余談なんかしないものです。

「オン」と「オフ」はわけなくちゃあね、先生も生徒も。授業なんて、先生と生徒が一緒になってつくるものなんだからさ。

＊

青春とか、生きがいとか、「熱血」はたしかにうっとうしい。でも、三十人のクラスのうちには、「先生のそこが好き」という、自分とは違った考えを持っている同級生がいるのかもしれない、ということは忘れないようにしよう。

そして、先生に向かって「で？」というツッコミをしてもいい。でも、できれば、いきなりみんなと計画するのではなくて、最初は一人で、「で？」って言ってみな。先生だって、みんなの前で、たった一人でしゃべっているんだから、さ。

「先生」っていったい……？

興味なんかないくせに、なんで学校の先生になんかなるのか。すごい迷惑。いじめがあっても無視だし、親から抗議が来ると責任のがればっかり。生徒なんてどうでもよくて、管理して楽することばっかり考えて。死んでる。この間女の子が同級生に殺された学校の教師は、翌日から授業について「給食があるからやる」って言ってたって、友だちが言ってた。ほんとうに頭に来る！　なんにもわかってないくせになんでえらそうなのかマジで頭に来る!!

理彩《りさ》さん（15歳）高1・群馬県

あなたの腹立ちを肯定したうえで、ぼくが考えること。

これは、ほんとうに理彩さんの言うとおりで、現役の先生にはぜひ、怒りや憤り《いきどお》というものをかみしめてもらいたい、とぼくも思う。

だけど、同時に、職業としての「先生」、組織の中の「先生」のあり方の難しさも、言っておきたい。

＊

会社なら、ふつう、「商品をいくつつくりました」「何億円もうかりました」というふうに、仕事がうまく運んでいるかどうか、数字で判定できることがたくさんある。一年間で百億円のもうけを出したひとと、一億円しかもうけられなかったひとのどちらを会社がほめるかといえば、絶対、百億円のひとのほうを評価するのです。

ところが、学校は成果が数字ではかれる組織ではない。そうなると、入学してきた生徒が三年間つつがなく、事件や大きなトラブルを起こさずに卒業していくことがなによりの学校への評価になってしまう、という現実がある。評価の基準としては、あまりにも消極的なのは了解している、生徒たちの三年間になんの輝きも与えられなかった自覚もある。しかし、事件は起こさなかった。そのほうが、じつはありがたい……。

こういう発想は学校の現場だけが持っているのではなく、教育委員会、文部科学省、ひいては、日本社会全体が共有している感覚なのだと思う。

そんな環境に置かれたら、学校だって、事件が起きれば「問題のもみ消し」「責任のがれ」を組織の中で生じさせるのは自然の流れだし、事件を起こしそうな生徒の切り捨ても、当然のように行われるだろう。先生自身も麻痺《まひ》してしまって、面と向かって「あなたに先生をする資格なんかない」と言われて当然の人間だって増えてくるだろう。

それでも、がんばっている、がんばろうとしている先生がいる。しかし、なにか事件が起こるとマスコミが騒ぐ、世論が騒ぐ、教育委員会は学校の現場を責めるという悪循環の中で、がんばっている先生ほど、どんどんつらくなってきている。

ぼくは、校風や教育内容といった判断材料以外の「予算の管理がうまいかどうか」という要素で、「学校」や「教育」というものに順番を付けるべきではない、と考えています。予算の管理うんぬんで「ここよりあっちのほうが良い学校」などと決めつけられては、学校自体が、子どもではなく、どんどん行政上における上位組織の顔色ばかりうかがうようになってしまう。

たとえば、世間でいえば、学校というところでいちばん偉いのは「校長先生」ということになっているけど、実際に公立の校長先生には人事権もなければ予算権もなく、学校長ではありながら、教育委員会の末端のような存在なのです。ぼくたちはテレビの学園ドラマの影響で、まるで一国一城の主《あるじ》であるかのような校長先生のイメージを持っているけど、正しくは現場と教育委員会にはさまれた「中間管理職」が校長先生なんだ。

＊

もちろん、いま言ったことは生徒の立場である理彩さんに言ってもしかたがないことなんだけど、学校について考える場合、先生一人ひとりについて問題にしていくだけでは、もう追いつかないということを思います。管理して楽することばかり、というきみの憤りに対しては、うん、どんどん怒れ、とぼくも思う。マジで、頭に来てOKだ。

ただ、マジで頭に来て——きみは、そこからどうする？

＊

フランソワ・トリュフォーというフランスの映画監督の、一九五九年の作品に『大人は判《わか》ってくれない』という映画があった。一九六〇年代のアメリカの若者は、社会の体制や、その中でできあがってしまっている価値観を否定して、「ドント・トラスト・オーバー・サーティー（三十歳以上の言うことは信じるな）」と叫んだ。昔から、どの時代でも、すべてのおとなに対して「なにもわかってないくせに！」という批判はあったんだ。

だから、理彩さんが憤っていることそのものは、まっとうなことだと思う。おとなに対して「マジで頭に来る‼」という大前提は、子どもとして持っておいてほしい。

同時に、「きっと頭に来ているんだろうな、こいつらは……」と思いながら、おとなだって、生きていかなければならない。ぼく自身、ぼくの書いた小説を読んで「ほんとうはなにもわかっていないくせに……」なんて感じている中学生や高校生は山ほどいるんだろうな、ということは忘れない。でも、ぼくにはこんなふうに状況が見えているのだから、ぼく自身の感じ方で書くしかないんだよ、ごめんな、かんべんしてもらうぞ、という気持ちでいる。

子どもはおとなに対して「オレらをひとくくりにするな」と抗議する一方で、「オヤジのくせにさあー」「リーマンなんてダッセエー」なんて、おとなのこともひとくくりにしている。なんだ、おまえらも同じじゃん、っておとなのぼくは思う。子どもの、おとなに対する不満があるように、おとなも子どもに対して「近頃の若いやつは！」っていう気持ちを持っていて、この二つは、背中あわせのことがらなんだよ。

子どももおとなもお互いに譲りたくない大前提を持っている。その中で、ちょっとだけわかりあえることを見つければいいんじゃないかな、とぼくは思っているけれども、どうだろうか？

一〇〇パーセントわかるはずだ、わかるべきだと思い込んでいて、そのじつ、全然わかりあえていなかった……というより、乱暴な言い方だけど「自分の子どものことだってわからないのに、ましてや他人のガキのことなんてわかるかよ」なんていう考えのほうが、よっぽどあたりまえで、健全じゃないかな？

当然、こんな態度をおとなからとられたら、きみたち子どもは頭に来るだろう。それでも、家庭の中で、あるいは教室の中で、子どもとおとなは付き合っていかなくちゃならないわけだから、お互い腹を立てながらも、どこかで関係の「落としどころ」を探しあったほうがいい、とぼくは考えています。

理彩さんのおとなへの反発、いいよ。正しくて、しっかりしている。でも、正しいけど、すべてじゃない。きみにとって、十五歳のいまの自分の目線が唯一《ゆいいつ》、絶対なんだろうけど、あと三年たったら、もしかしたら別の見方をしているかもしれない。あと十年たったら、ぜんぜん違う見方をしているかもしれない。十五年たって、周囲から「おばさん」と呼ばれるような年齢になったらどう考えるようになっているか、いまはまだ見当もつかないかもしれないけど、少なくとも、いまの見方にも有効期限があるのかも、ということは考えておくといいんじゃない？　子ども時代、「いったいなんだろう、このおとなは！」と腹立たしく感じていても、時がたち、自分もおとなになってみると、「あのときはわからなかったけれども、じつは……」という気持ちの変化があるのかもしれないんだ。

ぼくが一貫して言っているのは、理彩さん自身、いまが成長期なんだよ、ということ。

いまのまっすぐな怒りや憤りを大事にしつつ、「もしかして私自身、あと数年したら考え方が変わったりするのかな……」という思いを心の片隅にとどめておくことができれば、おとなになっていくプロセスで、刹那《せつな》的な「逆ギレ」なんてものを経験しなくてもすむのじゃないか、とぼくは思っています。

＊

理彩さんの憤りの中には、二〇〇四年の六月に長崎県佐世保市で起きた、小六児童による同級生の殺人事件のさいの、学校の対応に向けられている部分がある。きみは「友だちから聞いた話」をもとにして頭に来たりしているけど、事件があった学校の対応を伝えたその話がもし、ほんとうでなかったらどうする？

学校の先生たちからしたら、「なんにもわかっていないんだな……」と思うかもしれないよね。

きみたちが「わかりたい」と思うことは大切だ。でも、一〇〇パーセント「わかっている」と思い込んでしまうことは危険だし、また、すべてにおいて一〇〇パーセント「わかる」ことは必要ではない。子どもには、「どっちかと言えば、簡単にはわかってほしくないな……」ということだって、いっぱいある。「わからない」からこそ考え、「わからない」からこそ謙虚になれるんだから、人間は。

もちろん、それと同時に「どうしてもわかって！」と子どもからSOSを出されたら、全面的にわかってあげたいし、わかるよう努力したい。

子どもが「隠したいな」っていう態度でいるときはとぼけてあげて、子どもが「気づいてよ」という信号を発しているときは、気づいてあげたい。それこそ、生徒が朝ごはんになにを食べたか、髪の毛が何センチ長いとか、ソックスの長さが違反をしているとか、そういう子どもの「知り方」なんて身に付けてもしょうがないだろう、と思う。ただ、子どもが「わかってほしい」と思っていることは、なんとかして、わかりたい。なぜって、それは子どものSOSなんだから。

「知る」と「わかる」とは、違うんだ。過保護の親は、子どものことを「知り」たがる。いま電話をしていた相手を知りたい、明日誰と一緒にいるのか知りたい。——だけど、そんなことを知ったからといって、子どものことが「わかる」とは限らない。「知る」ことは監視をすれば簡単にできる。でも、子どもが「わかってほしい」ことは、いつだって監視カメラの視野の外にあるものなんだ。

逆に、いまはおとなに対して頭に来ていても、あなた自身がおとなになってから「わかる」ことだってある。だから、学校の中での「私にとっての良い先生」なんて、千差万別でひとつに決定できない。熱血先生なら「ウザい」し、無責任なら「ムカツく」し、感じ方だってひとによってまったく逆転するかもしれないし。

子どもがおとなを見る視線って、おとなからすると、わがままでぜいたくだと思うかもしれないけど、その「わがまま」が大事だよね。おとなはそのわがままを叱《しか》れない。おとなへの反抗や反発って、裏返せば「こんなおとなでいてほしいのに！」という子どもからおとなへの（少々ぜいたくな）期待のあらわれでもあるのだから。

ほんと、期待に応《こた》えたいよね。それが現実にはなかなか難しいことは、もちろんわかっているんだけどさ。

みんなのリーダーになるには？

中学校の部活の部長をやっています。部員は八人と少なく、戦力的にはあまり強くありません。「とにかく一勝」を目標に練習しているのですが、メンバーにやる気が見えないのがぼくのなやみです。部長として、ダラけているひとには注意するのですが、ぼく自身の気の弱さが災いして、なかなか強くは言えません。特に同級生に対して注意すると、逆ギレされてしまうこともしばしばです。やはり、みんなのやる気のなさは、ぼくの統率力がないからだと思います。みんながついてくるリーダーになるにはどうしたらいいのでしょう。教えてください。

邦彦《くにひこ》くん（14歳）中2・東京都

身近に目標を設定すること。そして、盛り上げるなにかを、考えること。

邦彦くんが部長をやっている部活がなにか、具体的にはわからないので答えようのないところがあるのだけど、ただ、きみのなやみには、どういうことにも通じていくような、普遍性のあるテーマがいくつかあると思うんだ。

ぼく自身、中学生の頃は野球部で、そう言えば、ぼくらのキャプテンのヨネミツくんも邦彦くんと同じようななやみを背負ってたなあ……と思い出しながら、答えていきます。

＊

中学生の頃って、なにかにすごく燃えたり、夢中になったりする時期で、同時に、はりきって「やる気を見せる」みたいな一所懸命さが少し照れくさくなってしまう時期でもある。

邦彦くんの部活のメンバーの「やる気」だって、「おー、やる気出してるなあ」とすごくわかりやすくアピールされている「やる気」と、心の中では「とにかく一勝」を目標にがんばっていても、実際にはそれが表には現れにくい「やる気」と、二種類あるんじゃないかな。

先生や親になるまでもなく、子どもだって、部活の部長やキャプテン、あるいは学級委員長や生徒会長といったように、リーダー的な立場をまかされることがある。リーダーになると、どうしても周囲に「やる気を見せろ」って言いたくなることが出てくるものだけど、やる気のアピールが上手《うま》いひともいれば、下手なひとだっている。ひどいのになると、ぜんぜんやる気はないくせに、やる気があるように見せることだけは得意な、ずるいやつだっているんだ。だから、きみから注意された同級生の「逆ギレ」には、「俺だってやる気あるんだよ」「やる気あるのに、なんでおまえ、そんなふうに文句言うわけ?」っていう意味があるのかもしれないよね。

ひとを評価したり、判断したりするのは、すごく難しいことなんだ。

ぼくはいつも「ムスッとした無愛想な顔」をしているらしくて、内心では笑ったり喜んだりしていても、ひとから「怒っているんですか」「ご機嫌悪いんですか」とか、さらには「なにか失礼がありましたか」なんて謝ってこられたりすることが何度もある。「えー、どうして？」って思うし、本音を言えば、見た目の表情だけで判断してほしくないなあ……と感じる部分もあるんだけど、家族ならば「お父さんはムスッとしているけど怒っているわけじゃない」とわかることでも、家族でもなく、仲良しの長い付き合いのひとでもなければ、それはわからなくてあたりまえ。だから、ぼくもだんだんと「初めて会う人に心配されたら嫌だな」「にっこり笑わないと、誤解されることもあるんだな」というふうに、ひとにわかってもらうために表情でアピールすることを覚えていったんだ。

ぼくの話は「顔の表情」についてだけど、「やる気」だって、同じことが言えると思います。やる気があるように見えなくても、アピールするのが下手なだけかもしれない。じつは、内心ではすごくやる気を持っているひとがいるかもしれない。やる気は、目に見えないところにもあるということを、きみに、あと、これを読む先生や親にも——まず、一つ、覚えておいてほしい。

＊

そのことを踏まえたうえで、きみの部活のメンバーに、ほんとうにやる気がないのだとしたら、どうすればいいか。

部活に限らず、勉強でも、おとなになってからの仕事でも同じなんだけど、「やる気を持つ」「やる気を出す」ためには、ポイントが二つあります。

一つは、先々ではなく、身近なところに目標を設定すること。

邦彦くんの部活はおそらく運動部だと思いますが、いまは試合で一勝することを目標にしているけど、中学校の部活だと、試合の回数はそんなにはたくさんないのではないかな？　プロ野球のようにほとんど毎日試合があるのだったら、「よし、明日はがんばろう」「あさっての試合こそ負けられない」というように、試合そのものが身近な目標になり得るけど、中学校の部活だと、「とにかく一勝って言ったって、試合は三カ月先じゃん」「そんな先のことのために、いまからはりきって練習するのもかったるいなあ……」っていう気持ちになってしまうだけかもしれない。

だから、「とにかく一勝」の手前に、いくつかの具体的なことを目標にしてみるのがいいんじゃないかと思います。

野球の練習なら、フリーバッティングをふつうに打つのではなくて、打率の判定者を立てる。後輩に記録をとってもらいながら三十本打って、「先輩、いま三十打数八安打でした」なんてね。その記録を一日、一週間ごとに一覧表にして、八安打のうちホームランが二本で本日の首位打者がセンターの○○くんだとか、この一週間でヒットをいちばん打った週間MVPがサードの××くんだとか、競争ふうに、なにが目標かが見えるようにする。バスケットボールだったら、フリースローの成功率を出していって、「おー、成功率八割だぜ」とかね。

そういうことをやっていくと、月曜、火曜はすごく調子がいいけど水、木は中だるみしてヒットが出にくいなんていう一週間のリズムがわかったり、フリースローの練習をやってるうちにだんだんと成功率があがってきたなあというのがわかったりする。

四二・一九五キロメートルあるマラソンの道のりも、走者はただひたすらこの長さを走っているわけではなくて、何キロかごとに区切ったラップタイムをはかり、最初の五キロはいいペースだなとか、次の五キロは上り坂になったのでタイムが落ちてるなとか、そういう区切りごとの目標設定と確認を繰り返すことで、結果的に長い距離を走り抜いているということがあると思う。

目標は、遠いところに置かなくてもいいんだ。タイムや回数をはかることを通して、チームの中で競い合ったり、自分の記録の中で競い合ったりして、身近なところで設定していくことが大切だと思うのです。

スポーツに限らず、たとえば、みんなが嫌だなあ……と思っている学校の定期試験だって、じゃあ、中学に入学して、次に経験する試験がいきなり高校受験だったらどうかな？　中間試験や期末試験が一回もなくて、「さあ、次は高校受験です」といと三年後に目標を決められて、でもきみたちの学力の途中経過はいっさいわからないよって言われちゃうと、すごく不安になるひともいると思う。自分は学年でいったいいま何番目ぐらいで、順位がどうだったらどの高校に行ける。そういうことがぜんぜんわからないまま、三年後の受験をぶっつけ本番で迎えるなんてたいへんなことだし、けっこう、試験がない気楽さにも飽きちゃうんじゃないかな。やっぱり、「ああもう、来週から中間試験だよ……」なんてブツクサ言いながらでも、ちょっとずつ身近なところに、やらなきゃいけないものやこと、つまり目標があるっていうのが、いいんじゃないかと思うんだ。

＊

身近なところに目標を設定することを言ったけど、部員がみんな「がんばっていこうぜ」という雰囲気になるために、ただ単に目標が身近ならばいいというものではない。部長だったら、身近な目標を「いかに」達成していくか、考えなくてはならない。テレビでは「プロデューサー」という番組を制作する責任者がいるけど、邦彦くんも、部のプロデューサーとして、どんなふうにしたらふだんの練習が盛り上がって、結果的に目標が達成できそうかを、考えてみるといいんじゃないかな。

ぼくは野球部だったから、つい野球の話ばっかりしちゃうけど、ノックを取る練習も、ふつうにするだけだったらやっぱり飽きてしまうんだ。で、部員のそういう心理を知っていて、かつ、雰囲気を盛り上げることも知っている監督だと、一球一球に、ノーアウト二、三塁で打たれた場合、ワンアウト満塁の場合とかのシチュエーションをつくって、ノックをするわけ。そうすれば、ボールを取るほうも、二、三塁でこの打球だったらゲッツーをねらうとか、俺ならファーストで確実にアウトにするとか、一球ずついろいろなことを考えながら、ノックを受けることになる。単に「取っておしまい」じゃなくてね。

ふつうにすれば単純作業の内容だって、そういう目先の変わることをしていくと、みんな、だんだんとおもしろくなってくる。「おもしろさ」っていうのは、一回一回、「今度はどうだろう」「次はこうやってみようか」って、自分の判断でなにかをしていけることだと思うんだ。部長、キャプテンっていうのはね、そんな「おもしろさ」につながるなにかを編み出して、盛り上げることを考えなきゃいけない。

だから、「やる気」に向けたもう一つのポイントは、イベントをつくることです。クラスの活動でも、体育祭や文化祭みたいなイベントがあったら、まとまりやすくなるよね。部活の練習だって同じ。なにかシチュエーションをつくったりしながら、ホームラン競争や、フリースローのコンテストをしてもいい。陸上部ならば、砲丸投げの選手に時には一〇〇メートルを走らせてみるとか、逆に短距離の選手に砲丸を投げさせて、記録を比べ合ってみるとかね。ふだんの活動や練習とはちょっと目先の違う、いろいろなイベントを考えてみて、実行していったらいいんじゃないかなと思います。

＊

ぼくがこれまでに言ったことは、三つ。

メンバーにやる気が見えなくて……ときみは嘆いているけど、やる気が見えるかどうかということと、やる気を持っているかどうかということは、別物である。これは、先生や親であるひとも、覚えておいてほしい。これが一つ。

では、やる気を出すにはどうすればいいか。

これには二つあって、一つは、身近なところに目標を定めること。育児なんかも同じです。子どもが生まれて、その子の次の成長の目標が「二十歳になって一人前になる」じゃおかしいよね。ハイハイした、それから立ち上がった、アンヨができた、三輪車に乗れるようになった。そういう細かなところで、一つずつ、「大きくなったなあ、ここまで育ったんだなあ……」というのを実感しながら育てていくし、育っていく。だから、邦彦くんが試合の一勝を目標にするのはとっても大事だけど、その手前にたくさん目標をつくっておいて、「先週よりもうまくなってるよ」「ひと月前よりタイムあがってるじゃん」なんて、「こうやればできる」みたいなことを実感しつづけていけば、「やる気」はたくさん生まれてくると思う。その際にもう一つ、身近な目標を、できればイベントのように盛り上げていければいい。

イベントといっても、そんなに難しく考えることはないよ。サーブの練習をするときに、向こう側のコートにいろいろと置いて「なにに当てたら何点」と点数をつけてゲームにすることもイベント。早稲田《わせだ》大学のラグビー部は、宿敵である明治大学のユニフォームをタックルマシーンに着せて、ほんとうに明治の選手にぶつかっていく気持ちを演出してタックルの練習をしていると聞いたことがあるんだけど、こういうのも一つの「イベント」と考えてもいいよね。

部長やキャプテンは、試合に勝つだけじゃなくて、チームをまとめるために盛り上げていくことを考えなくちゃいけない。ほんとうは、イベントだってみんなで話し合って決めるのがいちばんいいんだろうと思うけど、話し合いの場でも、司会、進行役を務めるのはやっぱり部長の仕事なんだろうな、と思います。

とっても苦労の多い役割だけど、でも、邦彦くん、きみが部長として、そうやって部活の内容に「おもしろさ」を編み出していこうとする工夫や姿勢は、部活に限らず、将来、きっときみの役に立っていくよ。

先生への気持ち

私には憧《あこが》れの先生がいます。三十代くらいの数学の女の先生です。中二の前期に教わっていました。私は数学が苦手なので、とてもお世話になりました。そのうちに、先生のことばっかり考えるようになっていました。先生と話したいと思うのですが、私は話すのが苦手で上手《うま》く話せないんです。先生に話しかけようとすると、ドキドキして言葉が出ないくらいになるんです。先生に対してこんなふうに思うなんて、私は変でしょうか？　また、どうしたらふつうに話せるようになるでしょうか？

結子さん（15歳）中3・千葉県

私のクラスの担任の先生はみんなから嫌われていて、先生が授業をしていても、みんなさわいだり無視したりします。私は先生のことが、ほんとうはべつに好きでも嫌いでもなく、ふつうなのですが、その先生を嫌いなふりをしないと、今度は自分が「いい子ぶっている」と言われて標的になってしまうのです。先生はすごくつらそうにしていて、もし先生が登校拒否みたいになってしまったら、べつに嫌いでもないのにさわいでいる自分にも責任があることになってしまって、どうしようと思っています。私はどうしたらいいですか。教えてください。

珠美《たまみ》さん（11歳）小6・東京都

どちらも、先生に気持ちを伝える方法は、ある。

結子さんと珠美さんとでは、ぜんぜん質問の方向性は違います。でも、どちらも、先生のことをとても気にかけているんだな。まずは、結子さんの気持ちから——。

ここには二つの気持ちがあります。一つは、生徒から先生への憧れの気持ち。そしてもう一つは、同性に対する憧れの気持ち。

結子さんは「先生に対してこんなふうに思うなんて、私は変でしょうか」と心配しているけど、ぜんぜん、変じゃない。

はじめに、これだけはわかってほしいなと思うのは、人を好きになったり、なにかに憧れたりするという気持ちに「変」ということはないんです、絶対に。男性どうし、女性どうしといった同性に対して「好き」や憧れの感情を持つことだって、ちっとも変なんかじゃない。結子さんも、自分の気持ちに自信を持ってもらいたい。

ぼくが、ああ、いいなあと思ったのが、きみが「憧れ」という表現を使っていること。憧れの先生が、憧れのおとながいる。うん、ほんとうにいいことだなあと思います。若い頃はやっぱり、憧れの存在はたくさんいたほうがいい。

ぼくの憧れは、ロックの矢沢永吉でした。あんなふうになりたいとか、あんなふうにはなれないけどあのひとのように輝きたい、あるいは、その輝きに触れたい、一歩でも近づきたいと願う存在がいるのは、すごく幸せなことだと思うのです。

学校の先生という身近なところに、結子さんの憧れの存在がいる。とっても、いいことなんじゃないかな。

＊

「憧れ」という漢字は、ひとの心を表す「りっしん偏」に、幼い子どもを意味する「童」、と書く。つまり、憧れというのは、幼い子どものような心、ということです。

ぼくは四十歳を越した立派なオヤジなんだけど、もし、なにかの機会に憧れの矢沢永吉さんに会えたなら、きっと十代の子どもみたいに、ドキドキしてうまく話せないだろうと思う。この間も新幹線に乗ったら、なんとぼくの中学時代のアイドルであった歌手の岩崎宏美《ひろみ》さんらしき女性が座席にいて、それを見たときはもう胸が高鳴って、万が一「あのう重松清さんですか」なんて声をかけられちゃったらどうしようかなんて——当然、ぼくのことなんて知るはずないのに、新横浜から新大阪までの車中の時間を、中学生みたいにドキドキしながら過ごしてしまいました。

……なんて、ついこんな話をしてしまったけど、憧れを持つことはおとなにも必要だし、子どもにはもっと必要だと思います。あんなおとなになりたい、こういうひとから自分は振り向かれたいという思いが、きみたちの気持ちにいろいろなものを生んでくれる。憧れから、すべては始まるんだ。

戦争を経験したようなぼくの親たちの世代だと、「憧れ」とは白いごはんを腹いっぱい食べることだった。あるいは、庭付きの家に住んだり、車を持ったりというような豊かさを手に入れることだったりした。そういう憧れを、ぼくの親たちの世代はひたすら働くことで、一つずつ現実のものにしていった。いざその憧れが現実のものになってみたら、「俺はこれっぽっちの家を手に入れるために、ローンを組んで、こんなにまで働いてきたのか……」と、これまでの自分の人生を振り返って、がっくりきてしまうことだってあったかもしれない。でも、憧れがある人生のほうが、憧れるものが一つもない人生よりも、絶対に幸せだと思うんだ。

結子さんは、その先生の前では上手く話ができないと言うけど、上手く話せなくてもぜんぜんOKじゃないかな？　「憧れ」なんだから、ドキドキして言葉が出てこないのは変じゃないし、それがあたりまえだと思うんだ。ぼく自身、ほんとうに上手くは話せない人間だから余計に思うのだけど、ドキドキして言葉がなかなか出てこなくて……というもどかしさを抱えているほうが、相手に気持ちが伝わることだってある。きみの気持ちだって、先生ならきっと、わかってくれると思うんだ。

それから、これは結子さんでなくてもそうなんだけど、そもそも用事がないところでひとに話しかけるのはとても難しいことなんだ。だから、これを伝えなければいけない、このことが訊《き》きたいんですけど、というような用事をつくることができたら、少しは話しやすくなるかもしれません。「いま先生には習っていませんが、中二のときに授業がとてもわかりやすかったから、また質問してもいいですか？」といって数学の問題を持っていく方法だってある。

それでもやっぱり先生の前であがってしまうのなら——最初は手紙を出してみるのも「あり」だと思います。

ぼくが知っている子で、先生と携帯電話でメル友みたいになっている中学生がいる。先生といっても教育実習の先生で、さすがに学校の担任の先生ではないようだけど、結子さんがどうしてもその先生と話したいと思っているのなら、初めからメル友みたいに距離がないのはよくないだろうし、いきなり長い文章で憧れの気持ちをつづってもいけないだろうけど、年賀状のようなごく簡単なハガキやお便りを出してみることから始めたらどうかな。

きみがドキドキしながらも、そのうち先生と話ができるようになって、憧れの気持ちからいっぱい、いいものを受け取ってくれると、ぼくはとても嬉《うれ》しいです。

*

一方、珠美さんの相談では、先生を取り巻く状況は、かなり深刻です。

これは同級生どうしのいじめでもそうなんだけど、ほとんどの子は、自分が標的にされてしまうのが怖いから、嫌だと思ってもしかたなく、付き合わざるを得ない。

いちばんの理想論を言えば、珠美さんの他にも、クラスには「やっぱり、お付き合いでさわぐのはほんとうは嫌だよね」と思っているひとはきっといるだろうから、標的になるのを恐れずに「こんなふうにさわぐのはもうやめようよ」とみんなに言うことです。

もちろん、その理想論が現実的にはぜんぜん簡単なことでないことはよくわかるし、ぼくは、珠美さんのなやみやためらいに、とてもリアリティを感じている。

珠美さんの言葉を読んで、ぼくがすごく胸を打たれたのは、先生がつらそうにしていて登校拒否になってしまったらどうしよう……と、「自分が損をすること」の恐れよりも、他人に対する気持ちのほうに重きをおいていることでした。ほんとうに、珠美さんが心配するような例が、いま学校ではたくさん起こっている。学級崩壊が起きているところでは、いとも簡単に「担任の先生の能力がない」というふうに判断されてしまう。そういうプレッシャーの中に、いま、先生たちは立たされている。

現実的な問題として、ぼくだったら、先生に手紙を書く。少なくとも先生には絶望してほしくはないから。

手紙の内容は、いつもさわいでいて、ほんとうは悪いと思っているというきみの気持ちを伝えればいいんだ。みんなと一緒にさわがないと今度は私がやられてしまうからやっているけど、でも、ほんとうは、先生のことを嫌っているわけではないこと、クラスにそういう生徒もいることをわかっておいてくださいということを、そのまま手紙で伝えるようにしよう。それによって、先生が、ああそうなんだ、このクラスの全員から嫌われているわけじゃなくて、自分のいまの状況を心配してくれている生徒もいるんだということを一つでも知ることで、ほんのちょっとでも、気持ちが楽になることがあるかもしれないんだ。

それから、手紙を出すときには、珠美さんの名前を出すかどうかという問題がある。担任の先生がどういうひとかわからないからうまく言えないけど、ひじょうに現実的な話として、先生が万が一、きみが手紙を書いたことをみんなの前で話してしまったら、ほんとうにきみが周りの標的になってしまうかもしれないから、最初は匿名《とくめい》で出してみたらどうだろう。

匿名でも「ごめんなさい」って誰かが思っていることを知らされるだけで、ほんとうに先生が元気になっていってくれれば、と思う。手紙というのは、べつに一通で終わる必要もなくて、二通三通とつづけていけばいいのだから、そのうちに「私は○○です」と、きみの名前も伝えていけばいいのじゃないかな、と思います。

＊

人間の中にある嫌な、悪い気持ちというのは、とてもいろいろなことを考えつく。いじめの首謀者は、どうすればより効果的に標的にダメージを与えられるか、どうやれば仲間を巻き込んでいじめの輪を広げていけるのかということを敏感に感じ、直感的に考えつく。だから、そんなぴりぴりした空気の中で、そこにかかわっていないと今度は自分がやられるというプレッシャーの中で、いじめる立場に参加してしまうことがある。ほんとうは嫌だな、申し訳ないなと思いながらも、いじめてしまうんだ。

珠美さんの教室で起こっていることは、はっきり言っていじめと同じことだけど、プレッシャーがあってもなんでも、そこに参加したら、きみはいじめの加害者だ、絶対に。自分も加害者だという痛みは、忘れてはいけない。

理想論を言えば、「そんなものに巻き込まれるな」「いじめているやつらに付き合うな」「もっと勇気を持て」ということを、おそらくは声を大にして言わなければならないし、そう言い切れたらいいのだろうけど、でも、同時に、そんなきみたちはいじめの被害者でもある、とも言えるんだ。一〇〇パーセントの被害者の子は怒るかもしれないけど、いじめの加害者の中には、同時に、被害者でもあり得る子はいるんだということは、理解しておきたい。

珠美さんの「自分がいじめの標的になったら困るから、ほんとは嫌でも一緒になってさわいでしまう」という気持ちは、とてもよくわかる。だから、いまは被害者である先生を、ギリギリまで追い詰めないことを考えよう。

そのために、まず先生が少しでも楽になるように、ほんとうは嫌だけどさわいでる子もいるということを教えてあげてほしい。次に、きっと珠美さんのように思っている子は何人もいるはずだから、休み時間のおしゃべりでさりげなく「こんなふうにさわぐのも、ちょっとね……」みたいな感じで、きみと同じ考えの友だちをクラスで一人か二人、見つけていけるといい。たったひとりだと難しくても、何人かになれば、「いじめ」や「いじめられるのが怖い」という気持ちにも、対抗できるんだ。

いまは「ほんとうは嫌だと思っているのは自分だけかも」という不安、もしそうなら、「こんなことやめようよ」と言ったとたんに自分が標的になってしまう不安があるから、一歩を踏み出せないでいるけど——いじめって、実際にはいじめる側に参加している半分以上の子どもたちは、単におもしろがっているだけか、嫌々でしかたなくやっているかのどちらかだと思う。その点を冷静に考えて、自分と同じ考えを持っている友だちがいることを確かめながら、同じ考えのみんなの中で「どうする」「どうしよう」と話し合っていけば、きっと、突破口が見つかると思うんだ。

珠美さんは、ひとりぼっちじゃないとぼくは思います。

やっていいいじめなんてない。いじめは、絶対にだめなんだ。

でも、現実に「ある」ものはしょうがない。だから、なんとかその状況を生き抜いていかなければならないきみたちの気持ちはわかる。わかるからこそ、とにかくいまは、最悪の状態にはならないようにということだけを考えて、きみに伝えました。

繰り返すけど、きっと、きみと同じ考えの子はいるよ。「私もそうなんだ」って。どうにかして、珠美さんが、そういう友だちを見つけてくれるといいなと思う。

4章

友だちのこと、いじめのこと

ずっと仲良くしていたい

小学校のときからの仲良し三人組の友情がこわれそうでつらいです。私以外の二人が中学に入ってから毎日ケンカ状態で、仲をとりもとうとしてもぜんぜんだめなんです。ずっと仲良しでいられると思っていたのに、もうだめなんでしょうか。

真奈美《まなみ》さん（12歳）中1・岐阜《ぎふ》県

私には親友がいます。その親友は、すごくいろんな友だちに好かれていて、携帯がすごいのです。一緒にいるときにも、いつも着信がなって、話が中断しても、その子はあんまり気にしていないみたいなのですが、私はその間無視されてるみたいで、ほんとうはちょっと気分が悪いのです。でもそんなことを言うと嫌われそうなので言えません。嫌われない言い方はありますか。こんなことを考えるのがおかしいでしょうか（自分はレズではないと思うのですが）。

慶子さん（15歳）高1・東京都

「仲良し」や「親友」を、もっと長い目で見てもいいんじゃないかな。

ぼく自身の話から始めよう。

小学校時代には四回転校して、子どもの頃からいまに至るまで二十回以上も引っ越したし、仕事もいろいろ変わってきた。そのせいで、「ずーっと付き合ってきた人間」というのはいない。じつは、いま現在自分と付き合っているひと以外に、あまり興味がないんだ。

だから、そのかわりに、寂しい。寂しいんだけれど、ぼくは、それでいいんじゃないかっていうふうに思っている。

＊

真奈美さんたちは、小学校からの仲良し三人組なんだな。三本の線があって、出発点が同じだったんだ。

でも、出発点が同じでも、そのうちに三本の線の角度は変わってくる。出発の時点は、三本の線の隔たりはそんなに大きくないから、「仲良し」という輪っかの中にちゃんと収まっているけど、時間がたつと、仲良しの輪っかも、はずれていくでしょう。

真奈美さんからしたら、友情がこわれてきたように見えるのかもしれない。逆の言い方をすれば、二人の友だちがそれぞれ成長して、新しい世界に行こうとしていると考えてもいいんだと思う。お互いの距離も広がるし、それで、ケンカも増えてきたのかもしれないね。

友情、友だち関係というのは、パソコンにたとえると、どんどん上書き更新がされていくようなものだと思うんだ。「私たち親友よね」「俺たち親友だよな」って言いつづける、言われつづける、っていうのは……あんまり、いいことではないのかもしれないよ。

ひと言で「仲良し」といっても、いろいろなかたちがある。ぼくの、とても仲良しの友だちなんて、いちばん最近に会ったのがもう一年くらい前だ。一年間、お互いに忙しくて会えないけど、絶対その友だちとは仲良しだってわかっている。いろいろなかたちがあるのだから、「もうこの関係はだめなのかどうか」っていう発想はしなくてもいい。

中学校に進んで、一人はバスケ部、一人はバレー部、一人はソフトボール部と、入った部活がばらばらだったら、どうだろう。それぞれの部活の中でだって友だちはできるだろうし、「友だちだから、いつも三人で一緒にいる」と決めてしまうのは、ちょっと窮屈だよ。

真奈美さんの考えている「仲良し」や「友情」が、休み時間も、放課後も、「いつも三人」でセットになって行動するというものだったら、いつか、その関係はお互いにとって足かせになってしまうだろう。

ぼくが中学生だった頃、校舎で男子トイレに入るためには、女子トイレの前を通らないといけない造りになっていた。女子トイレの前には、いっぱい女の子がたむろしているんだ。男子のぼくは、トイレに入るためには女子の中を通り抜けて行かなくちゃならない。すごく恥ずかしい。そうなると、男子どうしでも、トイレに連れだって行く仲間ができる。一時間目が終わって、ぼくはぜんぜんもよおしてないんだけれども「シゲ、行こうぜ」って声がかかったら、行く。で、二時間目の休み時間に今度はぼくが行きたくなって、「ちょっと、付き合ってくれよ」って……たいへんでしょ。

そのキツさを振り返りつつ思うんだけど、小学校の仲良しグループと違って、中学校の仲良しグループになったら、そういうお付き合いの枠ははずしてしまって、いつも一緒じゃなくても友だちなんだっていう友情観を持つことが大事なのかもしれない。

仲良し三人組の状態が、ずっとつづくと思っていた日々が終わろうとして、いま、真奈美さんはとっても困っていると思うけど、それは、また新しい段階の友だち関係が始まろうとしている、と考えてもいいんじゃないかな。

ぼくは男子だったから、よけいそう思うのかもしれないけれど、女の子って、けっこう、排他的なんじゃない？　男の子だと、昼休みの関係はこうで、部活の練習中はこうなって、っていうふうに、人間関係が混じり合っていることが多い。女の子のほうが、この三人はこの三人で、そこに一人別の子が入ってくると「なんかイヤだよね……」と思ってしまったりするんじゃないのかな。

＊

明治や大正の時代、友だちどうしはお互い、まめに手紙を書いていた。いまは、手紙のかわりに携帯やメールがある。同じ場所にいなくても、友情をたしかめあう機会はたくさんあるんだ。「やっぱり、離れていても私たちは友だちなんだな」という思いがあれば、新しく仲良しの状態が始まると思うし、真奈美さんの二人の友だちが、お互いの意識の中でお互いに対するズレをどうしようもなく大きくふくらませてしまっているのなら、きみがいくら心配しても、二人はそのうち友だちじゃなくなるのかもしれない。

みんな成長していく。

真奈美さんも、小学校からの三人組にあまりこだわらないで、新しく友だちになるひとを、どんどん増やしていったらいいと思うんだ。

＊

友情をたしかめあうときに、「相手を束縛したい」「ワガママをきいてもらいたい」という心理は、誰にだってある。

慶子さんの中にも、友だちを束縛したり、友だちに嫉妬《しっと》したりする気持ちはあるだろうけど、それはぜんぜんふつうです。「こんなことを言ったら、嫌われるかな……」って心配する気持ちだって、ふつうだ。

でも、イヤなことは「イヤだよ」って言うしかない。

自分だけを一〇〇パーセント見てくれているわけではない関係、自分のことを一〇〇パーセントさらけだしているわけではない関係がある。

みんな、それぞれが知らないところで別の顔を持っているだろうし、その場その場で付き合う友だちも違ってくる。「自分だってそうだな」っていう前提を持って割り切るか、あるいは、「私と一緒にいるときは、私だけを見てほしい。それが私の考える友情なの」って相手に訴えるかどうか。

あとのほうの態度をとると、慶子さんから気持ちを告げられた親友は「なんかイヤだな」と思うかもしれない。嫌われない言い方を考えるのは礼儀作法の問題だけど、どうしても気になるのならば、言うしかないと思う。「携帯に電話があっても、またあとからかけ直すって話せばいいじゃん。電話が終わるのを待ってる間って、すごく寂しいんだよね」って。

気持ちは伝えてもいい。一方で、あんまり束縛したいと思ってしまうと、お互いにうっとうしくなってしまうかもしれないんだ。

＊

最初に言ったように、ぼくはよく転校した。教室で、すでにできあがっているグループやサークルにはなかなか入れなかった。だから、グループ感があまりくっきりしていない、ごちゃごちゃの関係のほうが楽に思えてしまう。

高校や大学の同級生だと、進路や将来だってだいたい似てくる。『ドラえもん』でたとえれば、のび太とジャイアンは高校生になったら別々の学校に進んで、もう接点はなくなっちゃうかもしれない。ジャイアンはジャイアンの、のび太はのび太の、それぞれの世界を共有しあえる仲間をつくるだろう。それに比べて、小学校や中学校時代の友だちは、将来がまだはっきりしていない時期の関係なんだ。じつは、そういう時期にこそ、おもしろい出会いがあったりする。

真奈美さんも、新しい友だちを早くつくるといいよ。

＊

ひとつだけ予言しておくと、うんと時間がたって、きみたちがずっとおとなになってから、小学校の頃の友情が、あんがい復活したりするもんなんだ。おばさんになってから、小学校の仲良し三人組で旅行に行ったら、楽しいと思うぜ。

真奈美さんも慶子さんも、友情とか友だちって、長い目で見るといい。密接な時期もあれば、疎遠《そえん》な時期もある。あわてないこと。

親友なんて、そんなに、簡単に見つからなくてもいいんだからさ。

自分だけ「余り」になってしまう……

私はいま、寂しいのです。私には友だちがいます。そして二人の親友もいます。しかし、親友とは今年、クラス替えで私だけが離れてしまいました。中学生くらいの年になると、女の子って二〜三人の特定の友だちと行動するじゃないですか。でも親友と離れたので一人です。友だちはいるので、おしゃべりしたりします。でも、調べ学習をしたりするとき、先生が二人の組になりなさいと言うと、私が余るのです。そのときは、先生が私を入れた三人の組をつくってくれるのですが、私は一人だけ余ったときに、すごく恥ずかしくて、寂しい気持ちになるのです。みんなは優しくておもしろいし、いいひとたちなので大好きです。でも特別に仲がいいわけではないので、無理に「組に入れて」と言いたくありません。

好美《よしみ》さん（13歳）中2・青森県

ちょっとだけ、「ひとり」でいることの勇気。

遊園地の乗り物って、たいがい、席は二人がけだよね。ということは、人数が奇数のグループで遊びに行くと、必ず、一人が余ってしまうことになる。

ぼくは転校が多かったせいもあって、集団の中での自分の位置付けや人間関係をすごく敏感に感じとる子どもだった。中学二年生のとき、同じ野球部にいた友だち七人で遊園地に遊びに行ったんだけど、いろいろ考えて、いちばん仲良しのヤツに「乗り物には、ずっと一緒に乗ろうぜ」なんて言って、「俺とおまえはいつもコンビなんだぞ」っていうのを、グループの中の一人と先に決めたんだ。つまり、自分が余りになってしまうリスクを回避したんだよね。

その日の帰りぎわ、誰かが「ボートに乗ろう」って言い出した。ボートは二人漕《こ》ぎで、しかも時間が三十分もある。でも「余り」になってしまったSくんは、全然気にする様子もなく、岸辺のベンチに座って、ずっとぼくたちに手を振ったりしていたんだ。

＊

ぼくはすごく臆病《おくびょう》で、「余り」になることが怖かった。べつに、みんなから嫌われているからでなくても、人数が奇数のグループで遊ぶときに、めぐりあわせで一人残ってしまうことが自分の身にふりかかるのが、ものすごく嫌だった。

でも、岸辺で手を振っているそいつを見て、ぼくはそのとき、「負けたなー」と思った。

漫画家のくらもちふさこさんの作品を読んでいて、そのときの気分を思い出したことがある。学校なんかで家庭科の実習を二人一組でやる、というシーンが出てくる作品なんだけど、クラスの女子の人数は奇数で、みんな「自分が余りになっちゃったらどうしよう」ってビクビクしているんだ。そういうときに、「私は一人でやりますから」って言って、いつも自分から「余りであること」を引き受ける女の子が登場して、その子がすごくおとなだったっていう話なんだ。

すごくよくわかるなあ……と思ったわけなんだけど、ボートには乗れなかったぼくの友だちも、「しょうがないな」っていう感じで一人の状態を受《う》け容《い》れて、手を振っていた。彼を見て、ぼくは急に自分のことが、ちっちゃな人間に思えたんだ。

もし、ボートに乗るときに、彼と同じハズレの立場になっていたら、ぼくなら岸辺のあのベンチに三十分間も座っていられただろうか……と考える。たぶん、できなかっただろうと思うな。

ぼくもあのとき、中学二年生だった。だから、好美さんのこの「恥ずかしさ」って、とってもよくわかるんだ。

＊

好美さんと二人の親友とは、中二になってからクラスがわかれてしまった。新しい二年生のクラスでは、まだ一緒にいる親友はできていない。なにかをするために一対一で組むと、きみには相手がいなくって、クラスの中で「余り」になってしまうんだよね。

もちろん、好美さんが余ってしまうのは、みんなから嫌われているからじゃない。

一人が余ってしまうということは、言ってみれば、きみでなくても誰かが余ってしまうということだから、好美さんにパートナーができたら、クラスの中で二人一組になるときには、今度は別の子が余りになっちゃうわけなんだ。

ほんとうは、先生がそのあたりのことまでも、まんべんなくフォローをしてくればいいんだけど、って思う。ぼく自身、塾や大学、専門学校で先生をやっていた経験があって、クラスの中でなにかをするときには絶対に余りが出ないように、必ずしも二人一組でなくてもいい、三人組でもいいじゃないか、って考えていた。

でも、いつも先生の目配りがあるわけではないだろうし、調べ学習なんかは勉強だから、まあしかたがないな、って考えてみたらどうだろう。みんなで遊んでいるときに、自分だけ余って一人きりになるのは嫌だけど、勉強のときなんだから、「私が一人余ってみたおかげで、ほかの子たちはみんな助かったんだなあ」「私ってエラいよね！」って、ちょっとだけ、そんなふうに思ってみてほしいな。

調べ学習を二人で組になってやれているクラスメートだって、ほんとうは昔のぼくのように、内心では「一人になったらどうしよう」って思っているはず。そんなビクビクの中で、好美さんが初めに「一人でやっていても、ぜんぜんだいじょうぶだよ」っていう姿勢を見せることで、まわりのクラスメートだって、きみに対して「いつも、ごめんね……」とか、「ありがとう」という気持ちを持つようになると思う。

もっと言えば、「一人でも、けっこう、だいじょうぶなのかも」という気持ちだって、だんだんと、まわりのみんなが持つようになるかもしれないよ。

＊

おとなはよく「群れるな」「人間はもとからひとりなんだから、ひとりでやってみろ」なんていうけど、そんなことは誰だって、簡単にはできない。

ぼくは高校時代、列車通学をしていた。列車には、乗客が向かい合って座るボックスシートがある。いつもは一緒に帰る友だちがたまたまいない帰り道、二対二の四人がけのボックスシートが空いていて、一人で座席を三つ空けて座っていたら、途中の駅から女子高生のグループが乗り込んできて、「そこに座りなよ」とか「嫌だよ」とか言っているわけ。ぼくはずーっと頬杖をついて窓の外をながめながら、「……やめてくれよな」と心の中で思っているんだ。そういうときは、やっぱり

「一人だけって、ほんとうに嫌だな」って思っていたんだよね。

べつに、ひとから悪意を持たれたり、嫌われたりしているわけじゃないとわかっていても、「ひとりになる」ということは、すごく寂しいこと。それは裏返せば、集団の中でひとを孤立させてしまう「シカト」が、いじめとしてはいかに恐ろしく、ひとを傷つけてしまうことであるか、という証明でもあるということだよね。

クラスで余ってしまったり、知らないひとたちに囲まれて相席になってしまったり。そういう体験をいっぱいして、みんながおとなになっていく。

男性に比べればまだまだ、女性がひとりでいること、ひとりで行動していることへの世間の風当たりは強いと思うけど、だんだんと、女の人だってひとりでごはんを食べに行ったり、ひとりでお酒を飲みに行ったりしている。「ひとり」を、寂しさではなく、もっと積極的に受け容れている女性の先輩たちが増えている。

悪意があって「ひとり」を強いられているのは嫌だし、つらい。でも、たまたま「ひとり」になったというのであれば、今のうちからいろいろと味わっておいたほうが、早くおとなにだって、なれるかもしれないよ。

これは、女の子だけの話ではなくて、男の子だって、同じなんだ。

＊

みんなが「自分はひとりでもＯＫ」っていうふうになったら、友情だって、恋愛だって生まれない。自分だけひとりになりたくないから、友だちをつくったり、誰かを好きになったりするのだと思う。

「ひとり」はひじょうに不安定な状態だけど、でもね、中学生あたりから、現実にはどうしようもなく、たまたまそうなってしまうことがある、とわかっておくのは、いいことだ。あまりそこで深い意味を持って、「自分はみんなから嫌われているのかも」とか、「私には友だちがいないから」っていうふうに、思い込んではだめ。

＊

さて、中学生のぼくたちは、遊園地に行ったあと、どうしたか。

ボートの一件は、やっぱりみんな「悪かったな」と思ったんだろう。次からはなにかで組を分けたりする場合には、くじ引きで一回一回決めよう、っていうふうになったんだ。

それこそさ、いまのクラスメートがみんないいひとたちなんだったら、「いつも余りの一人になっちゃうんで、今度から、かわりばんこでやらない？」とか、「調べ学習のときは、ローテーションを組んでみようよ」なんて、思い切って提案してみたらどうだろう？　みんなで「余りの一人」を分かち合うようになればいいのになあ、って思う。

自分に「余り」の番がまわってくるのを避けたくって「そんなの絶対に嫌！」と反対するクラスメートがいるかもしれないけど、「あ、そうだった、そうだよね」って言ってくれるひとも、いるかもしれないよ。

で、そういう子なら――新しい親友にだって、なれると思うんだ。

夢がさめて……

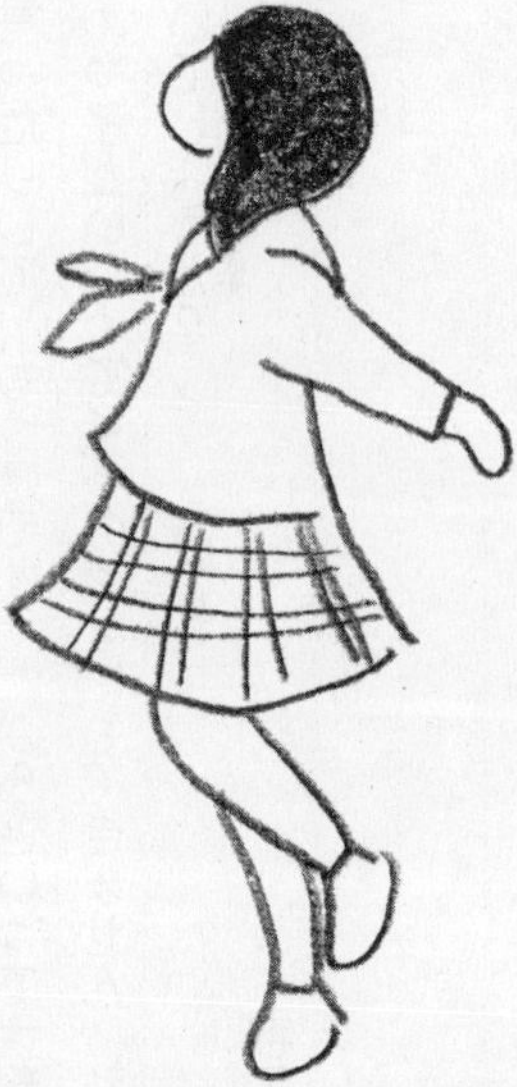

親友を助けたい、でも……

私の大親友がいまいじめられています。いじめるのは大のいじめっ子で、どうしたらいいかわかりません。いじめっ子がよくやるのはうわさ話です。あと、大親友がいじめっ子の前を通ったときに、いじめっ子が「ムカツク!」と大声で言ったりして、もう嫌です。だからといって大親友をかばったりすると、いじめっ子がいじめてくるのでなにもできません。私はどのようなことをすればよいでしょうか?

容子さん(11歳)小6・東京都

残酷な心に対して、ぼくらが言いつづけられること。

いじめの問題のいちばんの難しさとはなにか、と最近考えるんだけど――。

「子どもだけでは解決できない」「でも、当の子どもはおとなを入れたがらない」ということ。そこに、いちばんの難しさがあるんじゃないだろうか。

＊

すごく残念で、寂しい、悔しい話をするけど、おとな・子どもに限らず、どの人間の中にも、「ひとを傷つけたい」という心がひそんでいることを認めよう。

子どもは「みんな仲良し」「はつらつ」「さわやか」「素直」なものだ、という幻想も捨てなければいけない。「ひとを傷つけたい」とか「なにかを踏みにじりたい」とか、そういう残酷な心は、おとなにも子どもにも、必ずあるものだと思うのです。

ぼくたちは、ふだんはその感情をコントロールしている。一方、インターネットの掲示板では、毎日、ひとに対する悪意にあふれた言葉がたくさん噴出している。ネットだと、自分の顔は秘密にしたままで、言いたいことを言える。いつもは自分の中に抑え込んでいる感情だって、簡単に、平気で外の世界に出せてしまうのかもしれない。

じゃあ、「いじめ」って、どんなふうに考えたらいいんだろう。

容子さんの相談に「いじめっ子」という表現があります。いじめの首謀者、いじめのリーダーのことだね。でも、「ひとをいじめたい」という心は、いじめっ子だけが持っているのかな?

テレビのバラエティー番組を見ていると、お笑いタレントが、いじめと同じようないたぶられ方をしている。それを見てぼくらは笑う。「どうして、そんなものを見ていておもしろいのか」とあらためて考えてみると「自分も人をいたぶってみたいな」という感情があるから、似たような場面を見ると、おもしろく感じて笑ってしまうのではないかな。

お笑いタレントに犠牲になってもらって、その様子を見て笑い、気持ちをスッとさせて学校に行き、みんな仲良しでやっていたある日、誰かが「あいつムカツくよね」なんて言う。最初にタブーを破って「首謀者」になってくれるひとがいたら――インターネットの掲示板みたいに、「首謀者」の陰にひそんではっきりと自分の顔を前面に出さなくてすむのであれば、私だって、タブーを破ってもいいんじゃないか……ということが始まる。

誰がいじめられても不思議ではない。誰がいじめても不思議ではない。

この二つは、表裏一体の出来事なんだ。

＊

意地悪なことを言っちゃうと、いじめられっ子がそんなに仲良しではない同級生だったら、容子さんは、その子の心配をしていたかな？

大親友だからこそ、友だちのつらい気持ちを想像して、「いじめっ子から助けてあげたい」という勇気が湧《わ》く。友だちを救いたいという願いは、すばらしい気持ちであることに間違いない。

そんな勇気を持っているきみだからこそ、きみ自身にも、きみのお父さん、お母さんにも、クラスのみんなにも、「弱い者をいじめたい」という心がひそんでいることがわかると思うのです。なにかのきっかけで歯止めがポロンとはずれて、ひそんでいた心が表に現れてしまったときに、いじめは始まるんだ。そうなると、「みんな仲良くするのが当然だ」なんていう生ぬるい発想では、始まってしまったいじめは絶対に終わらない。残念だけど、それが現実。

容子さんが心配するように、親友をかばったりすると、今度は自分がいじめられちゃうだろう。または、これまでとはぜんぜん別の子にいじめのほこ先が向かってしまうこともありうる。最後には、親友を救うという発想じゃなくて、どうしたらいじめっ子をやっつけることができるか、という発想しか持てなくなるんだ。いじめにはキリがない。「親友だけ救ってあげる、そのかわり、こいつをいじめていいよね？」って言われたら、いったい、どうする……？

＊

おとなは、子どもに「仲良くしなさい」と言う必要はない。「仲良くしなさい」とおとなが言っても、子どもにしたら「どうして好きでもない人間と仲良くしなきゃいけないんだ」という疑問は消えない。

「ひとを傷つけるな」と言うしかない。「これはやめろ」「こんなことをするな」という怒りを子どもの前で表すしかないんだ。そうしないと、子どもたちはもう、ぬきさしならないところまで感情にフタができなくなってきている。

そもそも、おとな自身がどんどんフタをはずしちゃっているんだから。

人間は弱い。弱くて、ずるくて、汚い。でも、そんな心を持つなとは誰にも言えない。それを抑えていくのも、抑えていくのを学べるのも、人間なんだ。

もはや、「いじめ」は、子どもどうしで話し合って解決する問題ではなくなっている。フタが開いて、はみだしてきてしまった残酷な心は、おとなが無理矢理にでも抑え込んでいくしかない。

昔、世間では「子どものケンカに親は口を出すな」と言われていた。先生はあまり介入するな、子どもどうしでなんでも解決しなさい。

……そんなことがいまでも実現されているのだろうか。「子どものケンカ」でも、勝ち負けのある、一対一のタイマンならまだいい。でも、自分が負ける可能性を引き受けないで、ただ一方的に相手に勝ってやろうと思うのならば、それはケンカではない。「いじめ」か「リンチ」だ。

だったら、おとなが、「おまえがそれをやった時点で、もう負けなんだ」って言いつづけるしかない。誰かをいじめている最中、おまえは、ずっと勝ったと思っていい気になってるだろう。でも、いじめの心のフタを開けてしまった時点で、おまえは根本のところで負けてるんだ。

そういうことを、おとなが、厳しく言いつづけるしかない。

＊

教室でのいじめを、担任の先生は知っているのかな。

もし知らないんだとしたら、先生に言いなさい。匿名《とくめい》でもなんでもいい。

先生側にも、覚悟がいることだ。ここでしっかりと芽を摘んでおいてもらいたい。いじめに関しては、一〇〇パーセント、徹底的にやってほしい。中途半端《はんぱ》なところで双方に握手をさせて、「これから気をつけろ」みたいな感じでは終わらせてほしくない。

先生って、どこかで子どもを信じている。それと、いじめっ子もいじめられっ子も、どっちも教え子だから、いじめっ子から「ごめんね」の言葉が出てしまったら、「よし、お互いにわかったな」ってひとまず安心してしまいやすい。もしかしたら表面的な「ごめんね」かもしれないのに。「いまはたまたまフタをふさいだけど、ほんとうはいつ、再び開いてしまうかわからない」という大前提は、先生には持っていてほしい。極端かもしれないけど、いじめた側が自己否定するくらいまでに、徹底的にフタはしなければダメだと思うんだ。

そうしないと、子どもたちが先生に相談しない。子どもがいじめの問題をおとなに相談しないというのも、もうだいじょうぶだと勝手に解決したつもりになって、ほんとうは、中途半端な状況なのにおとなが去っていってしまい、かえって事態が悪化するからなんだ。

あなたのように、「友だちを助けたい、でも怖くてできない」と思っている子どもも被害者です。直接にはいじめられていなくても、「いじめ」という事態の被害者なんだよ。被害者は守られなくちゃいけないんだ。

担任の先生がクラスのいじめを知らなかったら、勇気をふりしぼって容子さんが先生に話してみよう。そのときの先生の反応と、先生がどう動いてくれたかということをしっかり見届けよう。

担任の先生が、なんの力にもなってくれないとわかったら――。

匿名で、学校のすべての先生に、手紙を送ってもいいんだよ。

ぼくが知っている例だと、保健室の先生は、いじめに遭っている子どもたちが心理的、精神的に追いつめられて、心も体も崩しているありさまをいちばん間近で見て、知っていたりする。知っているからこそ、ひとをそんな目に遭わせちゃだめなんだっていうことを、説得力を持って言える先生が多い。容子さんのまわりに、そういう先生はいないだろうか。

誰でもいい。信頼できる先生を、たった一人でもいいから見つけよう。

「知らん顔」すること

ぼくのクラスの中で、すごくリーダーみたいにしている男子がいて、みんなその男子にしたがっています。クラスは五年と六年と同じクラスです。ひとの悪口を言うときも、その男子の命令にしたがいます。ぼくの家では、ひとの前ではっきり文句を言うのはいいけれど、かげで人の悪口をぜったいに言ってはいけないと言われていて、クラスでその男子の命令にしたがわないで、ぼくだけ悪口を言わないでいました。そうしたら、ぼくがみんなに悪口を言われるようになりました。家族に話をしたら、「悪口を言うひとと同じになるので、知らん顔をしろ」と言われたのですが、どうしたらいいですか。

拓朗くん（11歳）小6・熊本《くまもと》県

気にするな、という言葉ほど無責任なものはないぜ。

家族に話をしたら「悪口を言うひとと同じになるので、知らん顔をしろ」と言われたんだ、と。ほうっておけ、ってね。

これは、親が「知らん顔」をしているんだ。

子どもに「知らん顔をしろ」と言うときに、親自身が知らん顔をしている。「ほうっておけ」と言うときの親が子どもをほうっておいて、「気にするな」と言うときに親のほうが気にしていない。鏡なんだ、言葉って。

＊

子どもは気にする。子どもは、ほうっておけない。子どもは、知らん顔ができないんだ。

だから、苦しむ。知らん顔できないから苦しんでいるのに、親は、往々にして子どもに「知らん顔しろ」と言ってしまう。より高い次元に立って子どもの事態を見ているからそう言うのではなく、親自身が、自分がかかわりあうのが嫌だから、いじめを「とるにたらない、たいしたことがないこと」と言ってしまうセリフを口にするんだ。

いじめなんか、へっちゃらさ。いじめなんかに負けるな。ぼくは、こんな発想が大嫌いだ。「なんか」じゃないから、みんな困っているのに。ほうっておけとか、負けるなとか、こういうことを平気で言うおとなは信頼に値しない。おとなこそ、どうやっていじめをとめるか、本気にならなくちゃいけないんだ。

だから、拓朗くん、きみはまずおとなを本気にさせることから考えよう。前の質問の回答と同じ、親がだめなら先生に訴えろ。きみの本気のSOSを一人でもたくさんのおとなに伝えろ。

両親にももう一度……お父さん、お母さん、本気になってください。拓朗くん、信じてくれ。おとなは――きみのまわりのおとなに少なくとも一人は、本気になってくれる人はいる。それはぼくの、祈りでもある。

お金、貸したくない

よく「お金を貸して」と言ってくる友だちがいます。べつにカツアゲとか、いじめられているわけではないのですが、金額はジュース代の百円とか、ノートを買うからといって、数百円単位で、その子はいいかげんで貸してもちゃんと覚えておいて返してはくれなくて、いちいち言ったりするのが、まるで自分のほうがケチな人間みたいな気分になって嫌なんです。「貸したくない」という言い方以外に、断る方法はありますか。つまらない質問ですみません。

弥生《やよい》さん（17歳）高2・静岡県

ひととひととの、基本にかかわることです。

ぜんぜんつまらない質問じゃないし、ましてやきみは、ケチなんかじゃないよ。

おとな向けの人生相談にも、弥生さんと同じなやみがたくさんよせられている。団地の中で、いつも小銭を「ちょっと貸して」と借りっぱなしにするひとがいて、狭い人間関係では「返して」と言いにくい。どうしたらいいでしょうか、なんてね。

ただ「貸したくない」ではなくて、「あなたが返さないから、貸したくない」と、その友だちにはっきりと言うしかない。いままで貸したぶんを返してくれなきゃ、もうこれ以上は貸さないよというのは、ぜんぜん間違っていないからね。もともと、借りたものを返さないほうが悪い、というだけなんだから。

お金を借りにくる友だちのほうはまったく平気にしていて、弥生さんばかりに、どんどん、嫌な思いがため込まれていく。ぼくが心配しているのは、ストレスがたまりすぎて、きみが精神的に追いつめられてしまうことと、追いつめられたときに、その友だちに対して、きみの中のなにかが爆発してしまうことなんだ。

なによりも、弥生さんが、この友だちの存在によって、将来にわたってひとを信じられなくなっちゃったら――それがいちばん、つらいことなんだよ。

＊

借りて返さないほうが絶対に悪いんだから、根本的に、弥生さんがストレスをためないことを優先しなくちゃいけない。

たとえば、その友だちとの間で、ゲーム感覚っぽく、「貸し借りノート」みたいなものを付けられないかな？

それか、担保を取る。つまり、「千円貸して」って言われて、ＯＫして相手に千円渡しても、貸している間は、相手の持っているなにかを預かっておくんだ。

当然、向こうは「え、なんで」って言うだろう。「どういうこと？」って訊《き》かれたら、「だって、返してくれないじゃない、いつも」って、そのときに堂々と言っちゃえばいい。

友だちから「貸して」と言われて、すぐに「貸さない」って断ったら、たしかに、自分がケチなひとみたいに思えてしまうよね。でも、「貸すかわりに、あなたも、私になにかを預けてよね」っていう態度でいれば、もしかしたらその友だちは「じゃ、いい」って言うかもしれないし、「預けるなんて嫌だ」なんて自分勝手なことを言ってきたら、「だって、あなたがいつも、ちゃんと返さないから貸したくないんだ」って、断る理由をはっきりと言いやすくなるよ。

ぼくの父親は、ぼくに「ひとからもらい煙草《たばこ》をするような男になるな」って、よく言っていた。自分はぜんぜん煙草を買わずに、いつもひとから「ちょっと一本、ごめん」ってせがむやつがいる。たかが煙草の一本だから、断るほうもケチっぽいので、つい「いいよ」って応《こた》えちゃうんだけど、ぼくの父親は「おまえは、それだけはするな」とぼくに言ってきかせたんだ。もし、ひとが、もらい煙草をせがんできたら箱ごと相手にやってしまえ、そのかわり、そいつのことを見下してやれ、情けないやつじゃのうって思ってやれ、おまえはそんなやつにはなるな、って言われていた。まあ、煙草の一本の話なんだけど……でも、百円や数百円だって、積み重なっていけばけっこうな金額になって、ばかにならないからね。

ほんとうは、お金の貸し借りの問題はすごく大事なことなんだ。

*

ぼくの場合、人にはお金を貸さない。貸すときは、担保と借用書を取る。もしくは、最初から、相手にあげる。返ってこないだろうな、ということを前提にしてね。

おとなの話になっちゃうけど、たとえば、商売をやっている友だちがいるとして、そいつが「今月中に、とにかく百万円あればなんとかなるんだ、どうにかならないだろうか」って借金に来たとする。おそらく、商売が危なくなっている時点で、百万円の工面を申し入れる先が友だちのところしかないということは、今月だけじゃなくて、来月も再《さ》来月も、ずっと苦しい状況は変わらないだろう。たぶん、百万円貸しても、返せないだろう。そこからが肝心。いままでの人間関係の中で「この友だちならば、戻ってこないかもしれないけど、いいか。ダメもとで、百万円、貸すしかないか」って、思えるかどうかだよね。

「お金」は、ただの金額のことじゃなくて、人間関係につながっているものなんだ。軽い感じの借金に応じてやって、ずるずると踏み倒しを許してしまうと、相手はどんどん、なめてかかってくる。こういうひとって、きっと、弥生さんだけじゃなくて、いろいろな友だちに対しても同じことをしているんじゃないかな。もし、他にも困ってる友だちがいて、みんな一人では断りにくかったら、被害者同盟をつくっちゃえ。

＊

友だち自身のことを考えてみても、ひとから徹底的に信頼されなくなってしまう前に、自分のやっていることを自覚しておいたほうがいいし、自覚すべきだ。そういう意味をちゃんと込めて、そのうえで、ガツンと、言ってあげたらいいよ。

友だちのママが死んだこと

同じクラスの男子のママが、このあいだ、くもまくか出血で死んでしまいました。先生はその子が休んでいるときに「お母さんの話はしないように」と言ったんですが、なんかそのほうがかわいそうな気がする。授業参観のときとかもかわいそうだった。先生にひとこと、なんか言ってもらえればぼくも安心するのですが、重松さんはどう思いますか。

尚人《なおと》くん（11歳）小5・東京都

もし、自分が同じ立場であったら、どうしてほしいかな。まずはそう考えよう。

「家族の死」というものを体験した友だちに、周りがどう接するかというのは、いろいろな考え方があると思う。尚人くんが心配しているように、無理してお母さんの話をタブーにするのはよくないんじゃないかという考え方も一つ。それから、先生が言うように、お母さんの話はしないようにしよう、っていう考え方もあります。考える際に、いちばん肝心なのは、お母さんが亡《な》くなった同級生の男の子がどういうタイプの子なのかなあ、ということ。おとなしい子なのかなあとか、元気いっぱいのガキ大将みたいな子なのかなあとか——もっと言えば、お兄ちゃんやお姉ちゃんがいるか、妹や弟がいるか、それとも一人っ子なのかどうかでも、ぜんぜん、考え方は変わってくると思います。

ほんとうに、どうするのが正解なのかは言えないのだけど、いま、尚人くんの相談を読む限りでは、おそらく、ぼくも先生のように言ってしまうと思う。

＊

ひとの死には、二種類あると思うのです。

一つは、たとえばガンがそうだけど、あと半年で、といったような余命がわかっていて、それでだんだんと、ゆっくり亡くなっていく、そういう「死」。もう一つは、交通事故とか、くも膜下出血のようにいきなり――昨日までとても元気だった友だちのお母さんが、今日、突然に亡くなってしまうという「死」。この二つがあると思います。

ゆっくりと死へと向かっていくガンのような亡くなり方というのも、もちろん悲しい。友だちのお母さんがガンだったとして、たとえば余命半年なら半年の間、どんどんと具合が悪くなって弱っていくお母さんを見るのは、すごくつらいことだったでしょう。しかし、限られた時間の中で、一所懸命お母さんとの思い出をつくろうとしたり、お母さんへ精いっぱい優しくしたりすることができる。

だけど、突然の死は、もっと悲しいかもしれない。誰も自分の家族が突然に死ぬなんて考えていないから、くも膜下出血や事故なんかで亡くなられてしまうと、心の準備ができていないまま、遺《のこ》された人間はその死を迎えなければならない。

ぼくも、いちばん仲の良かった親友を自殺で亡くしました。あまりにも突然のことだったから、お葬式のときなんかも、ぜんぜん泣けないんだ。なにかね、「嘘《うそ》だろう」っていう感じがしてしまって。むしろ、あとになってふとした瞬間に、ああ、あいつ、死んじゃったんだなあ……と急に悲しくなったりするんです。これがもし、「あと半年の命なんだ」とわかっていれば、半年間、その友だちのために、悔いが残らないように最後まで付き合えたんだろうけど、まさか死ぬなんて思わなかったから、いっぱい、後悔があるんだ。もっとあいつと会っておけばよかった、あいつの相談に乗ってやればよかった。もしぼくが、あいつのなやみを聞いてやっていれば、あいつは死なずにすんだのかもしれない……とかね。

だから、尚人くんの同級生の男の子だって、お母さんが突然亡くなって、ああすればよかった、こうすればよかった、あんなこと言わなきゃよかった、というような後悔を抱きながら、学校に通って来ているかもしれない。学校にいて、友だちがお母さんの話をしているときにふと、お母さん死んじゃったんだなあ、お母さんかわいそうだったなあという思いが急にこみ上げてくるというのは、その子にとって、とてもきつく、つらいことだと思うんだ。

だから、ぼくもやっぱり、尚人くんの担任の先生のように、その子の心の傷を考えて、「しばらくはお母さんの話はやめておこうね」と言うだろうな。

もちろん、半年たっても一年たっても、まだ先生が「お母さんの話は絶対にしちゃだめだ」なんて言うのなら、それは尚人くんの言うように、かえってかわいそうだし、とても不自然なことだけど、まずは、その子をそっとしておこう、と先生は言っているのではないのかな。

いちばんいいのは、この男の子と仲のいい友だちの間で、少しずつ、ふだんどおりに、家族の話をしていくこと。わざわざ話題にすることはないけど、親が亡くなった友だちだって、少しずつ日常に戻っていかなくちゃならないのだから、そうやって少しずつ、お母さんの話をしたり、しなかったりしていけばいいと思う。

＊

突然、家族が亡くなってしまうのは、心にとても大きな傷を残すことだけど、でも、一方で、人間とは「忘れる」ということをしていく生き物なんだ。

大切なひとを失って、そのときは心が悲しみで一〇〇パーセント満たされていたとしても、だんだんと時間がたつにつれ、ひと月後には八〇パーセントになり、半年後には五〇パーセントになり……というふうに、少しずつ、悲しみを薄れさせながら、ひとは前に進んでいくものなんです。

尚人くんの友だちは、いま、何パーセントくらいの段階なのかな。ぼくはそれがとても気にかかります。まだまだ悲しみが九〇パーセントの状態なら、そっとしておく。三〇パーセントぐらいなら、だんだんふだんどおりにしていく。そこをしっかりと先生は見てくれているんだと信じているし、もし、先生はあてにならないな、と思うのなら、周りにいるきみたちが、友だちの様子をよく見て、ちょっとずつ日常に戻っていけばいいんじゃないかな、と思います。

そのときに、もし、自分のお母さんも同じように突然死んじゃったとして、一週間後に学校に登校したときに、友だちにどう接してほしいか、みんながお母さんの話をしてるのをふと聞いてしまったら、そのときどんな気持ちになるのか、考えてみてほしいんだ。

もしも、ぼくがその友だちの立場なら、登校した最初の一週間ぐらいは黙っていてほしいと思うだろうな。あくまでも、その子の立場に立って考えないと、けっこう無神経なことになってしまう恐れはあるんだ。

その友だちへの接し方は、だから、尚人くんが、もしも自分がその立場なら……というふうに考えていけば、自然と決まってくるんじゃないかな、と思います。

5章

「自分」のこと

どうしようもない感情

私がいま抱えている、どうしようもない感情のことを聞いてください。昔、中学一年の頃は、嫌なことがあって自己嫌悪《けんお》におちいっても、ただ純粋に希望を持って毎日生きていました。中二の頃には自己嫌悪の気持ちが限界に達して、どこまでも悲観的な、ネガティブなことばかり考えていました。それが中三になって、ほんとうに手のつけようがない感情に変化しました。「でも、だけど、それでも」というものです。純粋に希望を持って生きていても、現実はそう簡単じゃない。でも……希望を持ちたい。素直に前を見つづければ、現実はこんなもんだと割り切れれば、楽です。だけど、こんなふうなどっちつかずの感情ばかりとなってしまいました。自分でもコントロールしがたいのです。

香織さん（15歳）高1・山梨《やまなし》県

「だから」と「でも」について、こんなふうに考えてみよう。

おとなが子どもを叱《しか》るときの決まり文句に、「口答えをするな!」というものがあります。お説教に対して「でも」「だけど」という反論をするな、って。

それでいけば、香織さんは相手のいない口答えをつづけていることになる。もしかしたら口答えをする相手が自分自身だからこそキツいのかもね。

でも、ぼくは口答えってぜんぜんOKだと思う。まったく問題なし。目の前にあるものや頭に思い浮かんだものを「でも」「だけど」とひっくり返そうとするのは、ちっとも悪くない。たしかに、すんなりと「そうだね」とうなずけたほうが楽になる場面はたくさんあるだろう。でも、そこでひっかかってしまうこと、素直にうなずけないこと——それを否定する必要なんてどこにもない。むしろ、そういう口答えをしないままおとなになってしまうことのほうが、ほんとうはもっとヤバいんじゃないかな。

＊

順接と逆接という言葉を知っていますか。わかりやすく言えば「だから」と「でも」の関係です。

「今日は雨だ。だから、外では遊べない」――これが順接。

「今日は雨だ。でも、外で遊びたい」――これが逆接。

おとなの発想は基本的に順接です。「いい学校に入れないと将来苦労する。だから、一所懸命に勉強しなさい」「ホウレンソウは体にいい。だから、たくさん食べなさい」「茶髪にしていると不良だと思われる。だから、髪を染めたり脱色したりするのはやめなさい」……どれも正しい。正しすぎて息が詰まりそうだから、「でも」で反抗したくならない？

それでいいんだ。おとなの言う「だから」を「親が言ってるんだから」「先生が言ってるんだから」（これも順接ですね）と丸呑《まるの》みして受《う》け容《い》れるのは、ちょっとつまらない。一度は「でも」と疑ってみてもいい。その批評精神は、ぜひとも若いひとに持っていてもらいたいのです。もちろん、疑ったあとで自分でも納得できたら、「やっぱりそうなんだな」と素直に受け容れるフェアな心も。

ただし、「AだからB」という順接を「でも」でひっくり返して「AだからB、でもC」に変えるのは、そう簡単なことじゃない。逆接にはパワーと覚悟が要る（親子ゲンカのときでも、疲れてきて面倒くさくなったら「はいはい」と投げやりに受け容れちゃうでしょう?）。それを忘れてしまった「でも」は、ただの感情的な反発にすぎません。

たとえば――。

「いい学校に入れないと将来苦労する。だから、一所懸命に勉強しなさい」と言われたら、「でも、勉強したくないんだ」と言い返したくなる。ところが「AだからB」のBの部分――「一所懸命に勉強しなさい」のところだけに反発していたら、話は堂々巡りになってしまいます。

「いい学校に入れないと将来苦労する。だから、一所懸命に勉強しなさい」「でも、勉強したくないんだ」「でも、いい学校に入れないと将来苦労する」「でも、勉強したくないんだ」「でも、いい学校に入れないと将来苦労する」「でも、勉強したくないんだ」……。きりがない。じつは「AだからB」のAは、なかなか否定しづらいものが多いのです。

＊

そこから逃れるには、二つの方法があります。

一つは、「AだからB」のAの部分――「いい学校に入れないと将来苦労する」を「でも」でひっくり返してみること。やってみようか。「いい学校に入れないと将来苦労する。でも、ぼくは苦労してもいいんだ」……ちょっと苦しいと思いませんか？　なにか開き直りのようになってしまう。

じゃあ、もっとAの中に踏み込んで、「いい学校」や「苦労する」そのものを疑ってみたらどうだろう。

「でも、いい学校ってどんな学校のこと？　偏差値の高い学校がいい学校なの？」

「でも、苦労するってどういう意味なの？　お金が稼げないことが苦労なの？」

……うん、これならAがグラッと揺らいでくれる。「いい学校に入れないと将来苦労する」というのを深く考えずに鵜《う》呑《の》みにしているおとな相手には、特に。おとながら子どもの口答えを嫌うほんとうの理由は、自分が正しいと信じている前提のAを揺るがせられてしまうのが怖いせいなのかもしれません。

二つめの方法は、「AだからB」をひっくり返す「でも」につづくCを鍛えること。駄々をこねるように「勉強したくないんだ」と言い張るだけではなく、なぜ自分が勉強したくないのかの理由に向き合うこと。

「でも、勉強よりも大切なものが私にはあるんだ」でもいいし、「私は勉強よりも体を動かすほうが好きなんだ」でもいい。表面的な反発で終わってしまうより、こっちのほうが一歩も二歩も踏み込んでいる。そして、できれば、そこから、きみ自身の順接をつくってほしい。「でも、勉強よりも大切なものがぼくにはあるんだ。だから、いまは部活に打ち込みたいんだ」――「AだからB、でもC、だからD」までいけば、それは強いよ。ただの否定ではなくて、前に進んでいるんだから。

＊

幼い子どもの頃は、おとなから与えられた「AだからB」をそのまま受け容れていればよかった。だけど、成長するにしたがって「でも」が胸に湧《わ》いてくる。その中には、香織さんがなやんでいるような悲観的な「でも」もあるだろう。つづくCがまだ見つけられない、宙ぶらりんの「でも」だってあるだろう。

いいじゃないか。ほんと、それでいいんだ。青春とは逆接の時代だとぼくは思っているから。「でも」は接続詞――あせらなくても、大事に持っていれば、いつかCがくっつくときが来る。そこに「だから」のDがつながるときだって。

夢や希望に対して抱いてしまう「でも」、といって現実を醒《さ》めたまま受け容れたくもない「でも」……香織さん、きみはぜんぜん間違ってない。いまのきみの苦しさは、自分自身にとっての夢や希望と現実との関係を安易な「だから」に頼らずに懸命に探している苦しさで、それは絶対に――いまは気づく余裕はないかもしれないけど、きみという人間を豊かにしてくれるはずなんだ。

おとなになってからわかる。「でも」のない青春って、ツルンとして寂しいよ。「でも」のストックがないままおとなになってしまうと、上から与えられた順接をすぐに鵜呑みにして、子どもの「でも」に太刀打ちできなくなっちゃうし。

どんどん湧いてくる「でも」の中から、ほんとうに大切な「でも」を見つけて、おとなから与えられたのではない自分自身の「だから」を育てていってください。

自分の心が、苦しい

最近、私は心がもろくなっているような気がします。べつに、いまの環境に不満があるわけではありませんが、ちょっとしたことにもすぐになやんでしまうのです。たとえば、友人に「死ねぇ」と言われたことがあり、もちろん友人は冗談で言っていることは私にもわかっているのですが、ふとしたときに思い出して、「ほんとうに自分は死んだほうがいいのではないだろうか」とか「自分はまわりの人にとって邪魔な存在なのではないのか」と、どんどん暗く考えてしまうのです。しまいには、「どのようにして死んでしまおうか」と考え、震える手で遺書を書きます、頭の中で。死ぬ勇気なんて私にはまったくないのですが、自分の頭の中で、自分を殺します。頭の中でも死ぬのはつらいです。ほんとうは考えたくもないのに、ちょっとしたことで思い出して、また暗い気分になるのです。これから、私はどのように自分の心と向き合えばよいのでしょうか。

夏実さん(15歳)中3・沖縄県

本を読もう。いまのなやみが、きみだけのものではないことが、きっとわかる。

心がもろくなっている、すぐになやんで、暗く考えてしまう。どんどんマイナス思考になってしまって——でも、死ぬ勇気がない。

夏実さんの苦しさ、ぼくにも覚えがあるし、とても理解できます。そのうえで、ひとつだけ、夏実さんに最初に言いたいのが、「死ぬ勇気」なんていう表現、「勇気を持って死ぬ」という発想は、捨ててほしいということなんだ。

ひとは、苦しいときは往々にして、死んだら楽になると思いがちです。実際に、死んですべてがなくなってしまえば、なやみもなくなる。でも、「すべて」ということは、なやみと同時に、喜びだってなくなってしまうということなんだ。

だから、夏実さんが書いている「死ぬ勇気なんて私にはまったくない」こと、とってもすばらしいと思う。そんな勇気なんて、ずーっと持たないままでいてほしい。

＊

夏実さんは、本は読んでいるかな？　もし、あんまり……というのなら、きみには、ぜひ、本をたくさん読んでほしい。

本屋さんでもいいし、学校の図書室でもいいんだけど、そこに何千冊、何万冊の本が並んでいる。そこには、一千冊ならば一千通りの、一万冊だったら一万通りのなやみの話が並んでいる。そうなると、いまの夏実さんが背負っているなやみと似ていて、「ああ、この主人公は私と同じだ」ときみが感じるような話は、きっと、必ず見つかります。

人間というのは不思議なもので、なやみのバリエーションというものは、けっこう限られているものなんです。それこそギリシャ神話の時代から、二十一世紀のいまにいたるまで、女の子にふられた、男の子にふられたというような失恋の話だけでもどれだけあるか……人間て、太古の昔からちっとも進歩していないんじゃないかと思うくらい、自分と似た話をたくさん見つけることができるはず。そういうものをたくさん読んで、まずは、自分と同じなやみに出会ってほしい。

たとえば、主人公がなやんでいて、死んでしまったほうが楽になるかもしれない、と考えている小説があったとする。でも、読んでいても、主人公はなかなか死なないよね。最初からなやんでいるからといって、そこでさっさと主人公が死んでしまったら、どんな小説も数行で終わってしまう。主人公は、生きてはなやみ、なやんでは生きてを、がんばって繰り返す。だから小説は成り立っている。

生きつづけていくがゆえに、小説の中の主人公のなやみもどんどん深まってしまうのだけど、その小説がほんとうに優れているものであれば、どんなに重くて、苦しくて、深いなやみがとことんまで描かれていたとしても、読み終えたときには、私も死んでしまおうというような気持ちではない、なにか——人生を賛美しているとか、ハッピーエンドだとかという小説でなくても、読み終わったときには「やっぱり、私は死んでしまおう」ではない感情が残るものなのです。

夏実さんは、おそらくずっと、ひとりぼっちでなやんでいるのではないかと思います。きみが背負っているなやみは、もう、文学のテーマなんだと思う。「死ぬ勇気なんて私にはまったくないのですが、自分の頭の中で、自分を殺します」なんて、まだ十五歳の、中学三年生であるきみが、ひとりで背負って解決できるわけがないんだ。すごく難しくて、答えなんて出なくて、だからこそ、自分がひとりではなく、同じようななやみを背負っている女の子がいるとか、おとなであっても同じようになやんでいる人がいるということを知るために、ぜひ、本を読んでほしい。本を読んで、ああ、主人公の考えていることが自分にもわかるとか、このひとに比べれば、私なんて元気なんだな……とか、なにを感じてもいいんです。

＊

ひとはなぜ、本を読むのだろう。

ひとは、そもそもがひとりぼっちの存在であり、誰しもがたった一回しか自分の人生を生きられないことを知っている。でも、本を読めば、いまの思いが自分一人だけに与えられたものではないことを確かめることができる。自分ではない存在の人生を覗《のぞ》くことで、現実の自分には真似《まね》のできない主人公の冒険や活躍から、元気をもらうこともできる。

極端なことを言えば、きみも、きみの友だちや家族もみんな、お互いのことを一〇〇パーセント打ち明けることができて、お互いのことを一〇〇パーセント理解できるのであれば、文学なんて読む必要はないだろう。

だけど、人間とは不思議なもので、相手が身近なひとであればこそ、言えない秘密だってある。特に、中学生くらいだと、友だちもなやみの正体がつかめなくて、思い切って打ち明けても、かえって「どうしよう……」とお互いに途方に暮れてしまうことだってあるだろうね。

そういうときこそ、本を読もう。

もちろん、映画だって、マンガだっていいんだ。でもやっぱり、本、ひいては文学の持つ歴史の古さには、かなわないと思うんだ。映画は誕生して百年、マンガだって、手塚治虫《おさむ》あたりから考えても六、七十年くらいの歴史しかないからね。文学だと、世界各国のあらゆる時代の小説、作品を日本語で読むことができる。そのぶん、なやみのストックがたくさんあるということなんだ。

ずっと探していけば、二十一世紀の現在、沖縄に住んでいる中学三年生の夏実さんと同じなやみを、十三世紀のイギリスの貴族の息子が抱いているかもしれない。そういう出会いがあれば、いまのきみの気持ちは、少し楽になるんじゃないかと思うんだ、ほんとうにね。

＊

本を読んでいると、目は文章を追いながらも、私だったらどうするかなとか、私はこの人物が好きだなとか、湧《わ》きあがってくる思いを自然とかみしめることがある。それは、結果的に、自分の心と向き合うことにもつながっている。

きみ自身の中で、たったひとりで、すべてのなやみを抱え、その解決を探ろうとしても、十五歳の心というものは、そこまでまだタフじゃないんだ。こういう言い方は変かもしれないけど、夏実さんは、いま、すごくいいなやみを持っているとぼくは思っています。人間はなぜ生きるのかという深いレベルまで達する、いいなやみなんだ。いまのなやみをくぐり抜けたあとは、きっと——深く、大きな成長がきみに訪れていると思う。

でも、だからこそ、自分の中で解答を見つけるのは難しいなやみであるとも言える。解決策を探るために、外の世界からヒントをもらって考えようという発想に、ぜひ、なっていってほしい。そのとき、本はきみにとって、すごくいい武器になると思います。

周りの目が、気になる……

私は周りの目が気になることが多いほうです。授業中も、ひそひそ話をしているのが聞こえてくると、自分が言われているんじゃないかと、ビクビクしてしまいます。また、自分がどう思われているのかが気になって、堂々としていられません。このままでは、受験のときもマイナスのイメージにとられてしまうんじゃないかと心配です。直すためにはどうしたらよいでしょうか。

藤乃《ふじの》さん（14歳）中3・秋田県

思春期だからこそ、気になってしまうことがある。

これは、大なり小なり、みんなが持っているなやみです。おとなになっているぼくにだって、こういう意識や気持ちがあります。

＊

「思春期」という言葉があります。いったいこれはなんだろうか、もしこの言葉を定義するとしたら、どう言えばいいだろうかとよく考えるのだけど、自分が周りから見られる存在であることを意識し始めるのが「思春期」なんじゃないかと、ぼくは思っています。

中学生なんかではなくて、もっと幼い子どもであれば、「自分」というのは他人も含めた「周り」を見るだけの存在です。相手から自分がどう見られているかわからないし気にしない、ただ自分は見る一方の在り方をしている。

その段階から、今度は、「自分だって相手に見られているのかも」ということを意識し始めるのが思春期なんだ。自分のルックスがどんどん気になってきたり、ファッションやお化粧という外見の装《よそお》いに興味が湧いてきたり、そんな自分を「みんなはどう見ているのかな……」と不安にもなる。コンプレックスや自己嫌悪《けんお》の感情が生まれてくるのも、みんなこの思春期からだよね。

他人から見られていることはプレッシャーです。常に意識して、気が抜けない。だからきつい。でもこの「きつさ」は、思春期には必ず、誰にでもついてまわる感情だから、逃げることはできないんだ。

「自分が人からどう思われようと関係ないもん」という態度はたしかに堂々としているし、すごくかっこいいかもしれない。ただ、その「かっこよさ」は一歩間違えば傍若無人、他人に対する無神経さに簡単につながってしまう場合がある。

いいんじゃないかな——ビクビクしていたって。堂々とすることはかっこいいけど、それよりも、ビクビクしながら必死になって考えていることのほうが大切だ。それは直さなければならない弱点だけではなくて、きっと、きみのいいところも形づくっているのだと思います。

藤乃さんの気持ちは、周りへのある種の気配りから生じている部分があると思います。「ひとの気持ちを大切にできる」ならば、受験の面接でもアピールできるポイントじゃないかな。そう思わない？

バイトか、進学か？

雑貨屋で、放課後と土日と、高一の終わりからバイトをしています。親はわりと理解あります。インテリアの専門学校にも、大学の建築科にも行きたいんですが、バイト先の店長に気に入られて、夏休みとかに仕入れなんかにもけっこうかかわらせてもらっているのです。店長は大学や学校なんてムダ、実地でいったほうがセンスものびるし独立もできると言うのですが、けっこうなやんでいます。どう考えていけばいいのか、アドバイスください！

幹子さん（17歳）高3・秋田県

だいじょうぶ。自分の気持ちに、忠実になればいいと思うんだ。

これは、幹子さん自身の相談の文章の中に、すでに答えがあります。ひじょうに明解に答えが出ている。

＊

インテリアの専門学校にも、大学の建築科にも行きたいというなら、行きなさい。「行きたい」という意志があるのなら、行けばいいんだよ。アルバイト先の店長さんがなんて言おうと、あなたが行きたいと思っているのなら、専門学校や大学に行けばいいわけ。

もし、「行きたい」のではなくて、行ったほうがいいのかなあとか、行ったほうが得なのかも……という気持ちの段階のときに、店長さんが「いや、もう現場にいたほうがいいよ」というアドバイスをくれたというのなら、迷ってもいいけどね。

現場で経験を積んでいくことでいろいろなことを覚えるのはもちろんいいことだと思うけど、さらに知識を得るために専門学校や大学に進んだほうが、その後の選択肢が広がるかな、というのがぼくの考えです。幹子さんはインテリアに興味がある、雑貨店もどうしようか考えていると言うけど、いま現在でも具体的な希望を持つことのできているきみだから、もしかしたら、いまから三年後に、それ以上になりたい、やりたいことを見つけるかもしれない。そのときに、「大学に行っておけばよかったかも……」みたいな後悔が出てくると、やっぱり残念だと思うんだ。

大学や専門学校でいろいろなことをトータルに勉強していくのは、もし幹子さんがこのまま雑貨店経営やインテリアの業界に進むとしても、きっと、きみに大きなものをもたらします。実地が大事という店長さんの言うこともわかるけど、十七、八歳で働き始めるのと、大学や専門学校を経て二十一や二から働き始めるのとでは、ほんの三、四年の違いしかない。もしこれが体が資本のスポーツの世界なら、短い現役時代にあえて進学の道を選ぶのは意味がないかもしれないけど、雑貨やインテリアは三十、四十歳になってもずっとやっていける世界なのだから、学校で知識を増やす三、四年を過ごしても、取り返しがつかないということは、きっとないはずだ。

だから、学校に通いながらアルバイトをやって、現場のことに触れながら、さらにトータルにいろいろなことを勉強していくことができれば、それが最強なんじゃないかと思います。

ぼくは、人生には結論を先送りするための「時間稼ぎ」の時期があってもいいと思う。時間を稼いでいろいろなことを勉強し、経験していってほしい。もちろん、いまきみが持っている雑貨店やインテリアへの具体的な夢を捨てる必要は全然ないけど、いざ「学びたい！」と思うときに、それがしにくい状況になっているのだけは後悔することだから、どちらにでも進めるように大学に進むという手も、ありだと思っています。

＊

いずれにしても、きみの相談の中には、すでに「行きたい」と書いてあるのだから、自分の気持ちに素直になって、行けばいいんじゃないかな。大学に行くことで、雑貨店の可能性がまったくなくなってしまうのなら、それは店長の言葉と両天秤《りょうてんびん》にかけて迷ってしまうかもしれないけど、そんなことはないんだからね。まだまだ、きみには先があるし、その先は長いんです。

やっぱり、なやみや相談の中には、すでにそのひとなりの「答え」というのは出ているものなんだ。ぼくがやっていることというのは、きみの答えはここに、こんなふうにあるよと伝えること、きみはもう結論を出しているんだよということを教えてあげて、きみたちの気持ちの後押しをする——そういうことなんだよね。

自殺なんて考えていない、けど

リストカットをしている友だちがいて、その影響で私もするようになってしまいました。ぜんぜんいいことじゃないのはわかっているけど、でも、落ち込んでるときにリスカをすると、体からなにか嫌なものが流れていくような、体が軽くなるような気持ちになって、やめられません。どうしてこんな気持ちになるんだろう……。自殺なんて考えてないし、いつかはリスカも卒業しますが(絶対に)、でも、どうしてこんなことをしているのに気持ちよく感じてしまうのか、なぜだか知りたいのです。

毬江《まりえ》さん(17歳)高2・東京都

きみの気持ちの、根っこにあるもの。それを探ることから始めよう。

リストカットそのものをめぐるさまざまな評論やルポルタージュは、本屋さんに行けばたくさんある。学校の図書館にもそういう本は用意されているかもしれない。いろいろな専門家が、自分の身体《からだ》を傷つけることがなぜ気持ちを楽にしてくれるのか、その心のメカニズムを説明しているから、毬江さんは、まず、そういうものを探して、自分で読んでみるといい。

ぼくは、思春期の心理学や精神医療といった領域の専門家ではないから、申し訳ないけど、医学的、あるいは精神病理学的な説明というものはできません。

ただ、素人《しろうと》ながらも、ぼく自身が実感として抱いていることならあります。

それを、聞いてください。

*

リストカットに限らず、おとなから見ると「なんでそんなことをするのか」と言いたいようなことでも、中学生や高校生の年齢だとやってしまうことがあります。

もっとさかのぼって思い返してみても、幼稚園や小学校低学年の頃って、たいていの子どもは、いたずらをするよね。お父さんやお母さん、先生に怒られてしまうのはわかっているし、いけませんと禁止されていることも知っているけど、こっそりいたずらをするのは、とても楽しい。

子ども時代が終わって、おとなに近づいていく思春期を迎えると、いろいろな問題がどんどんシビアになったり、ヘビーになったりする。でも、シビアでヘビーとされる問題の根っこのところには、子どもの頃にいたずらをして感じたドキドキ感や、見つかったらどうしようという不安や恐怖が、ずーっと引き継がれているんじゃないかな、というふうに感じています。

いたずらは、その内容にもよるけど、ばれたらたいていは怒られてしまう。これは、少し難しい言葉では「禁忌」、または「タブー」と言うのだけど、タブーとされて、これはやってはいけないと禁止されていることって、社会にはたくさんある。赤信号の道路は渡っちゃいけない、学校には行かなくちゃいけない、授業はちゃんと受けなくちゃいけない、二十歳になるまではお酒や煙草《たばこ》に手を出しちゃいけない。そういう決まりごとや社会のルールは、きちんと守っていれば、誰からも怒られない。怒られないけど、正直言って、あんまりおもしろくないんだよね。

むしろ、いけないとわかっていても、赤信号を左右の隙《すき》を見てバーッと突っ走ったり、病気でもないのに学校をずる休みしちゃったりするのは、どこか、スカッと気持ちがよかったりする。この気持ちよさって、なにか子どもがいたずらをするときのドキドキ感と似て、社会的に禁止されている枠組みや、それによってできあがってしまった殻を破るところに、気持ちよさが生じるんだと思うのです。

ふだんは威厳があるのに、お酒に酔っ払うと急にエロオヤジになっちゃうお父さんっているけど、あれは、素面《しらふ》だったらまじめにしているという自分の殻を、お酒の力で破っているんだな。結婚していながら別のひととこっそり不倫するのも、タブーを破っていると思うとよけいにのめり込んでしまったりする。成人式の日に各地で大さわぎをしている若者も、粛々とした式典で、あんなことをしちゃいけないことぐらいわかっているけど、だからよけいにおもしろくてさわいでいるんだ。

＊

こんな例を挙げていけばきりがないんだけど、リストカットだって、体に与える傷の深さ、ダメージの度合いによっては、下手をすれば死んでしまうかもしれない。

リストカットには、そんな、本能としてのタブーとたわむれる側面がある。

ふつう、人間には、自分の身や命を守るという大きな殻がある。いきなり自分のほうにボールが飛んできたら、目をつぶり、ハッと頭を抱えてしゃがみこむ。そういうのって、理性で考えてやっているのではなく、頭をぶつけたらやばいぞ、だから手で守れとか、目にあたったらやばいぞ、だから目をつぶれ、ということが、根本的に体の中にプログラムされているんだ。これはもう、おとなだろうが子どもだろうが、日本人だろうが、アメリカ人だろうが、生き物である限り、みんな一緒、同じなわけです。

リストカットというのは、ふつうだったらそうやって守らなければならない命や自己の体というものを、自分で傷つけるという行為です。人間として、いちばん根っこにある自衛本能の強固な殻を破ることです。だから、毬江さんが質問に書いていたように、「体からなにか嫌なものが流れていくような、体が軽くなるような」気持ちになるのです。何重にも分厚くなった殻の中に閉じ込められたストレスや、苛立《いらだ》ちや、悲しみが、その殻を破ることによって外に流れ出していく。人間としてのギリギリのタブーを破るのがいかに気持ちいいことか、文学も繰り返しテーマにしてきたし、きっと、ものすごい快感があるだろうということは、ぼくにも想像がつけば、理解もできます。そして、それがある種の成長を生むということも。

でもね、社会に生きるおとなとしては、タブーは別の方法で破ってほしいんだ。髪の毛を金髪にすることで、それで自分の殻が破れて楽になるんだったら、そっちのほうを選んでほしい。マニキュアをすることで気持ちが楽になるんだったら、リスカよりもそっちのほうを選択してほしい。髪の毛や爪《つめ》は、染めようが切ろうが、また生えてくる。いつでも、もとの体に戻せます。

でも、自分の体を傷つけるのだけは——きみは「自殺なんて考えてない」って言うけど、そんなつもりがなくても、万が一、切った傷が深かったりしたら、取り返しのつかないことになってしまうんだよ。取り返しがつかないギリギリの感触が気持ちいいんだときみは言うかもしれないけど、それこそ、最初はカッターで手首を切って、ちょっと赤い血が出てきたら、ああ、なんかスッとした、というくらいなんだろう。でも、だんだんやっていくうちに、もっともっと血が出てこないとスッとしない、気持ちが楽にならない、そういうことが起こってくるんだ。もっと深く、もっと切って血を流そうとかね。そんなふうに、どんどんエスカレートしていっちゃうと、最後に待っているのは「死」なんだよ。ぼくは、やっぱり、ひとには自ら死んでほしくはないんだ。

ばれても、失敗しても、他人から顰蹙《ひんしゅく》をかう程度で済むことで、なおかつ、リストカットに代わるもの——それがないからリスカをつづけているんだということはわかる。わかるけど、おとなとして言いつづけるしかない。たとえきれいごとでも言うしかない。リスカ以外に、自分の殻を破ることで、自分が楽になるもの——見つけるのは決して簡単なことではなくても、同じ社会に生きる仲間として、どうか命にかかわるようなことだけはしないでほしいんだ。

＊

でも、タブーを破ること自体は、決してやみくもに否定されることではない。たとえば、人類というものがこれだけ世界中に広がったのも、「あの地平線の先までどうにかして行ってみたい」というような、共同体で機能している枠組みや規範を自ら越えていったからじゃないか、と思います。共同体の中で、「そんな遠くにはなにもない」ということがいくら常識になっていたとしても、それを打ち破らずにはいられない。常識を打ち破れというのは、だから、言い換えれば、「やってはいけない」という枠を打ち破れ、ということなんです。

そうなると、「常識はいくら破ってもいいけど、ルールだけは守れ」というおとなの言い草って、じつは矛盾した話になってくる。

髪の毛も染めておらず、近所のひとには挨拶《あいさつ》もし、まったく反抗的でもない、いわゆるおとなが安心するような「良い子」が、ひとりぼっちの自分の部屋の中では、手首にカッターナイフを当てている。そんな子どもの姿を想像すると、すごく悲しくなるし、怖くなります。どこかでガス抜きをしないと、たいへんなことになる。なのに、いまはそのガス抜きすら許さない風潮がある。髪を染めちゃいけないだとか、ピアスをつけちゃいけないだとか。

そこまでがんじがらめにすると、ほんとうにガス抜きの場を奪われた子ども、それからおとなだって、殻を破るための破壊力が、どんどん内側に向いてきてしまう。内側に、内側にとその力が向いてきてしまって、最後には命をめぐるガス抜きを試みることになってしまうのは、とても不幸だとぼくは思います。

毬江さんの質問は、リストカットの問題だけではなくて、もっと大きなことを、同世代の子どもたち、そしておとなたちに投げかけているような気がします。

6章

おとなの常識って正しいの？

「がんばる」意味

まじめに悪いことをせず、勉強しろとよく言われるけれど、不安定なこの時代、ほんとうにそうしたからって幸せになれるんでしょうか？　一所懸命がんばって意味はあるんですか？

貴子《たかこ》さん（14歳）中2・岡山県

あえて、言います。
がんばることそれ自体に「意味はある」と。

とても大きな問いかけです。

いま、この問いかけに対して、おとなが「こうなんだ」と答えを言い切ることができない時代なんだ。とっても悲しくて、残念なことなんだけど、でも、それが現実だから、せいいっぱい、答えようと思います。

＊

まずね、「一所懸命がんばれば、良いことがある」というのが、ひと昔前の大前提だったの。

「努力すれば報われる」という言い方は、裏返せば「報われるのだから、いま、努力しなさい」という言い方になる。同様に、子どもが「勉強したくないよ」と言えば、お父さんやお母さんは、「勉強をしておけば、良い学校に入って、良い会社に入って幸せになれるんだから、いま、しっかり勉強しなさい」って言う。「いや、遊びたいんだよ」と言ったら、「遊ぶのはおとなになってからいくらでも遊べるんだから、いまは我慢しなさい」って……。

将来に良いことがあるから、いまのなにかを引き換えにするというのは、定番の考え方だったのです。「先にいったら良いことがあるから、いまは我慢しろ」「今日よりも明日のほうが、明日よりもあさってのほうが良いことがある」なんて、経済や社会の状況が右肩上がりに発展していることを前提にした考え方だよね。

ところがいまでは、受験勉強のためにすべてを犠牲にして、良い学校に入った、良い会社にも就職した、でも、二十年たったらリストラされちゃったなんていうことになっている。

貴子さんだけじゃなくて、ぼくたちおとなの世代も、「これだけがんばってきたことに、果たして、意味なんてあったんだろうか……」という疑問を持っているんだ。

もうずっと前に、ある新聞社から座談会の依頼がありました。時代は二十一世紀に入る前で、「新世紀を目前にして、輝く未来のために」うんぬん、というテーマでお願いしますと言われて、ぼくは「できない」と断ったんです。どうして「未来」と言えば、「輝く」とか「明るい」という言葉が付くんだ、と。でも、昔のいい状況を知っている、世代が上のひとたちにとっては、「未来」とはお決まりにバラ色のものであるんだね。

「これから先に、ほんとうに良いことなんてあるのかな」という疑問は、いま、社会全般に広がっています。だからこそ「先には良いことなんてないかもしれないから、いま、楽しむんだ」という考え方が生まれる。どんどん刹那《せつな》的にもなる。

きみの質問にあった「一所懸命がんばって意味はあるんですか?」というフレーズは、ぼくにとっても、すごくリアルに感じることなのです。

＊

でもね、リアルだけど、この発想はやめたほうがいいかもしれない。「がんばって意味はあるのか」と問うことは、がんばった結果をすごく欲しがっている、ということになってしまうんだ。

このフレーズは、ほんとうは「一所懸命がんばることに意味はあるんですか?」にしなければいけないんだ、と思うのです。がんばることそれ自体に、意味があるのかどうかを考える、というふうに。

あなたからそう質問されたら、ぼくは「意味がある」と答えたい。

学校に通っているような子ども時代に、なにかに夢中になったり、歯をくいしばったりという、ふだんとは違う時間が流れる経験をするかどうか。

べつに、「そういう経験をしたら、これだけ得です」なんて言うつもりはない。そんな意味なんてないけど、人間としての足腰が鍛えられることだと思うの。

野球選手が腹筋をする。筋トレをする。「野球の上手、下手に筋トレなんて関係ないじゃん」と思うかもしれない。たしかに、直接の意味はない。だけど、筋トレをやって、スタミナを付けておくと、試合の終盤になってもバテないとか、夏場でもがんばれるといったような良いことだってあるんだ。

それと同じように、子ども時代に、がんばったり、なにかに夢中になったりする経験をしておかないで成長してしまうと、けっこうモロいおとなになってしまう気がするのです。がんばらなきゃいけないときにがんばれなかったり、もっと怖いのが、がんばり方がわからない、どうがんばったらいいのかわからない、というふうになってしまう。そうなると、おとなになってからが、すごくキツい人生になってしまうと思うんだな。

会社への就職のさいに、体育会系の運動部の学生や生徒が優遇される話をよく聞きます。これは、上下関係や礼儀ができているとか、スタミナがあるから優遇されるのではないんだ。

まず、運動部だと、練習をする。練習というのは、目の前の試合のためだけの行為ではなくて、「どうして自分はこんなに走っているんだろう」ということを体ごとで考える、という経験なんだ。その経験のある人間を会社は使いたい、ということなんだよね。

もっと言ってしまうと、「負けを知る」ということがある。

学校生活では、どんなに試験前に徹夜で勉強しても成績が上がらなかったり、いっぱい練習しても部活で補欠になってしまったり、「がんばってもうまくいかない」ことは、たくさんあると思います。つらいことではあるけれども、このことは知っておいたほうがいい。がんばった経験がないままだと、「私は今回はがんばらなかったから、しかたがない」「ぼくががんばれば、こんなもん簡単だよ」ということを平気で信じる人間になってしまう。

いざ、おとなになってから初めて負けちゃうと、ショックが大きいんだ。「残念だけど負けちゃった。でも、次はもっとがんばろう」と思えるような経験を、小学校、中学校、高校なんかのうちにしておこうよ。もちろん、がんばったことが報われる経験をすることも、ものすごく大きいことだしね。

一所懸命がんばることには意味があって、その「意味」には、これだけお金がもうけられるとか、こんなに得だというような説明は示せないけれども、必ず、きみを人間として、じょうぶなひとにしてくれると思うんだ。

＊

それから、もうひとつ。

これはおとなに言いたいことだし、子どもたちには謝らなくてはいけないことでもある。

まじめに悪いことをせず、勉強をする子どもがいる。はっきり言えば、「平凡な子ども」のことだ。平凡に生きている子どもを幸せにできないような社会や時代にしてしまったおとなというのは、やっぱりダメなんだ。

とりえはなんにもないけど、コツコツとまじめにがんばっている子どもが幸福になれないような社会なら、そんな社会にこそ意味がない、とぼくは思うのです。

「勝ち組」「負け組」とか、「実力主義」とかいう言葉を耳にするよね。

勝ち組じゃないけどコツコツやってる人間に、居場所が与えられないような社会っていうのは情けない。昔は「平凡なサラリーマンで一生を終える」ということをバカにしたものだったけど、かつては平凡だった「定年まで職をまっとうする」ことのほうがたいへんで珍しくなってしまった時代が、いまなんだ。

コツコツやってる子どもの居場所がちゃんとある。ぼくらは、そういう社会にしなくちゃならない。もちろん、おとなだって、居場所は欲しい。これはみんなで考えたいなって思うことなんだ。

そのときに、貴子さんのような若い世代に、「こんな社会だから、もうがんばらないよ」って言われちゃうと困る。でも、がんばろうよって、ぼくは言います。

「がんばれ」という言葉は、いま、よくない言葉みたいに言われてしまうけれども、ぼくは言いつづける。「がんばれ」って。

ただし、ゆっくりでいい。ゆっくりがんばれ。あせらなくていいんだ、ということなんだ。

ゆっくりがんばって、いまのうちにたくさん「負け」を知って、その悔しさと、そこから立ち直るきっかけのストックをたくさん持って……しぶとくてタフなおとなになってください。

学歴と年収の関係

ぼくは勉強がぜんぜんできません。たぶん、大学には行かないと思います。それでも、将来はいい生活がしたいのですが、年収の高い仕事はあるんでしょうか?

修平くん(15歳)中3・群馬県

きみがイメージする「いい生活」って、どういうもの？　まずは、そこから考えてみる。

「年収の高い仕事」はたくさんあります。非合法ではない、まっとうな内容で、「大学卒でなくても年収が高い仕事」というのは、たくさんある。就職情報誌を見てみれば（それは広告だから、ある程度は底上げされた内容が掲載されているだろうけど）、学歴不問で、思ったより収入いいじゃないかっていう仕事はいろいろと紹介されています。

ただ、そのときに考えなくちゃいけないのが、まず、その年収の高さが何年もつのか、ということ。

たとえば、Jリーグの選手。二十歳の段階での収入を比べれば、彼らの同級生よりもはるかに高い一千万、二千万というお金をもらっている。その時点だけに注目すれば、「わぁ、Jリーガーってすごくもうかるじゃん！」サッカーの選手がいいじゃないか」と思うかもしれません。でも、四十歳の段階で比べてみたら、どうなるか。

体をすごく酷使する仕事もあります。それを十年、二十年とつづけていけるかどうか。若いうちはだいじょうぶだけど、年をとったらできなくなる仕事というのももちろんあって、そういう仕事は、あたりまえの話だけど、若いうちは高収入なのです。

「年収が高い」といっても、最大瞬間風速的な一時期にだけ、高い設定がされている年収もあれば、生涯年収、生涯賃金といったトータルで勝負する年収もある。すべての営業のノルマを達成したら百万円もらえるけど、達成できなかったら一銭も入らないとか、達成できてもできなくても三十万円が保証される仕事がいい……とかね。年収に対する考え方の違いで、求める仕事も変わってくるでしょう?

Jリーガーの例で言えば、解説者として活躍したりして、引退後も良い生活をしている人はいる。でも、それはものすごく限られた人間です。だから、年収の高さをキープするためには、並はずれた才能や努力、それから「運」だって必要になる。ミュージシャンなんか、歌も楽器の演奏もうまいけど、タイミングが悪くてメジャーデビューできなかったり、デビューしても売れなくてそのまま消えてしまったりする例はたくさんあるよね。プロ野球の世界でも、ドラフトで指名される段階では、みんなが名球会入りを目指すけど、球団入りしても厳しい競争があって、どんなに才能に恵まれていても、ケガをしちゃったらすべてが終わってしまう、というリスクだってあるのです。

成功者とされているひとの「若いのに高収入」なわけというのは、そういうリスクが前提になっていたり、ピークを過ぎても、生き残るためのさまざまな要因が必要になることがあらかじめ盛り込まれているから、なのです。

*

じゃあ、「学歴」ってなんだろう。

変な話に聞こえるかもしれないけど、学歴は、「特別な才能を持たないひとの、最後の武器」みたいなものなのです。

修平くんが、めちゃくちゃ歌がうまいとか、めちゃくちゃサッカーがうまいとか、とびぬけて営業の才能があるとか、お笑いですばぬけたセンスを持っているとかっていうのであれば、大学に進学する必要はないかもしれない。

でも、もし、きみ自身「人と比べて得意なものが自分にはないな」と思っていて、才能やスキルのないうえに学歴が低かったら、はっきり言って、これは相当、損なんだ。

同じくらいの人間で、かたや大学まで行き、かたや高校も行かなかった子がいる。人間の価値としては、まったく差はない。でも、社会がどちらを働き手として選ぶのかといえば、悔しいけど、現実問題として、やっぱり大卒になっちゃうんだ。

ある種の学歴のハンディを補ってあまりある才能やスキルを持っているか、もともと二十歳くらいがピークとなる世界に進むか。その問題の一方で、中学三年の修平くんに「いますぐ、これをやりたい」「これができる」というものがないのであれば、とりあえずそれを探すためにも、上の学校に進んでみたらどうなんだろうか。

＊

高校中退者の「やり直し」を積極的にサポートしている、ある私立高校をテレビの仕事で取材をしたときに、生徒の一人から、こんな話を聞きました。

彼は、昔、暴走族に入っていて、高校は二校中退して、その高校が三つめの学校だった。

彼はいま十七歳で一年生なんだけど、「どうして、もう一回入学して高校をやり直そうと思ったのか」と質問したら、こう答えてくれました。自分は高校を中退して働こうと思った。でも、就職活動をしてみたら、中退によってものすごく職業選択の幅をせばめてしまっていることに気がついて、「これは損だ」と思ったのだ、と。だから、今度こそ高校は卒業しておきたいのだ、と言うのです。

高校を中退し、一度社会に出てみたら、骨身にしみてわかったことがあった。人生で損をしないためにも、今度こそ絶対に卒業する、と言っているわけ。

ぼくは、彼のモチベーションって、すごくまっとうだと思っています。

＊

なによりも、年収のこと以前に、修平くんが「将来はいい生活がしたい」というときの「いい生活」って、どういう生活をイメージしているんだろうか？「すごく年収がいい」だけで言っちゃえば、遠洋漁業に行くという手もあります。

半年間、船に乗るんだ。ところが、修平くんが、家族と一緒に毎日過ごすことがいちばんの「いい生活」だと思うのであれば、いくら年収が高くても、遠洋漁業だときみの言う「いい生活」は実現できなくなる。

まずは、自分にとってなにが「いい生活」となるのか、ということから考えてみよう。

自分は転勤なんかしたくない。残業もしたくない。とにかく夕方に家に帰って、ゆっくりごはんを食べて、ナイターを見るっていうのが「いい生活」なんだとしたら、多分、そんなに年収の高くない仕事になると思います。仕事一筋で、お金をもうけることが「いい生活」なんだって決めたら、それと引き換えに犠牲にするものはたくさんあるだろうね。そういうことから考えて、自分のやりたいこと、自分の進む道を決めていかなくちゃ。

昔は、大学に進みさえすれば、そんなことまで考えを深めなくてもOKだった。でも、いまは、「大学には行かない」と思っているきみだけじゃなく、「大学に行こう」と思っているほかの多くの子どもたちにとっても、「自分にとってのいい生活とはなんだ」ということを、考えなくてはいけない。

きみが言っているのは、とっても大切な質問なのです。

ぼくたちおとなが、きみのような子どもに「これがいい生活なんだ」と押しつけることはできるでしょう。でも、それがほんとうに、きみたちにとって「いい生活」なのかっていうのは、わからない。

やっぱり、自分で考えるしかないんだ。

チャットはいけないもの？

新聞やニュースで、チャットのことがいろいろと言われているのを見ます。
チャットは悪いものなんですか？

歩さん（11歳）小5・東京都

子どもが罪をおかす原因を、ぼくたちははっきりと断定したがる。でも……

この質問は、二〇〇四年の六月に長崎県の佐世保市で小学校六年生の女の子が同級生を殺害した事件のことを背景にしている。事件が起きた原因のひとつとして、マスコミは、女の子たちの間でインターネット上の掲示板への書き込みをめぐるトラブルがあったと伝えている。そこで、こういう質問があるのだと思う。

ぼくの考えでは、掲示板もチャットも、それじたいはぜんぜん悪くありません。インターネットも悪くありません。子どもが犯罪事件の当事者となるとき、世間は、子どもの身近にあるナイフや、ゲームや、ホラー映画が悪いと槍玉《やりだま》にあげるけど、「なにかが悪い」ということはない。

もしかしたら、事件の原因やきっかけの一つではあったかもしれないし、事件の直接の引き金になったのかもしれない。でも、それが悪くて事件が起きたわけではない。

ほんとうに悪いものを一つだけ決めるとすれば、それは——「人を殺したこと」だろう。

＊

新しいものが登場するとき、商売として世間に広がっていくために「とても便利で万能です」といううたい文句が付いてくる。携帯によってこんなに便利になった、インターネットがあればなんでもできてしまう、というふうに。携帯やインターネットはひととひととがつながりを持つ方法を飛躍的に変化させて、いまや目の前にいない相手とでも、簡単に会話ができるようになった。

しかし、おちついてよく考えてみれば、あることが便利になれば、それと引き換えに失うものがある、ということがわかるはずだ。今回の痛ましい事件でクローズアップされたのは、まさに、便利さと引き換えにぼくたちが失ってしまったものなんだと思う。

たとえば、面と向かってはひとと話しにくいことがらや話題でも、インターネットのチャットを利用すれば言える、ということがある。チャットのおかげで、「言うことができる」機会や環境の選択が広がったこと自体は、良いことだと思う。

一方、面と向かってひとと話すときは、相手に対する目線や身振り、手振りを無意識に使うし、もしも相手がムッとした様子を見せれば、自分の対応だって軌道修正したりする。相手とのキャッチボールに「言葉以外の要素」をフルに使って、総合的なコミュニケーションをすることになるんだ。

その点、チャットなら相手に会わなくてもよくて、しかも「文章だけ」だ。一見、簡単で便利なことのように思えるけど、しかし、ほんとうにそうだろうか？

文章だけで自分の思いを伝えるのは、じつは、とても難しいことなんだよ。それが簡単なんだったら、世の中に作家なんていないはずだ。難しいことだからこそ、それが得意なひとが作家になっているんだからさ。

面と向かったコミュニケーションのときには使えていた「言葉以外の要素」を、チャットでは文字だけで再現しなくてはならない。目の前にいる誰かに「バカ」って言うとき、言ってる自分の表情もひっくるめての「バカ」だから、言葉以外の微妙なニュアンスも一緒に相手に伝えていることになる。だけど、文字だけで書いたら、「バカ」はただの二文字で終わってしまうだろう? 「バカ」以外にもニュアンスを伝えたかったり、誤解されたくなかったりしたら、顔文字や(笑)のような書き方を加えたりもするはずだ。

文字や文章だけでは足りないものを補うために、チャットでのコミュニケーションを成立させるためには、ほんとうならば、いじらしいくらいの努力を必要とするはずなんだ。直接会って総合的なコミュニケーションをするかわりに、文字、文章という単発で勝負するのだから、一歩間違ったら誤解やすれちがいが生じるし、感情的にはどんどんエスカレートしやすくなる。だから、チャットはそんなに簡単ではない。かえって不便で面倒な点だってある。

携帯を持っていれば、いつでもどこでも連絡しあえるという良い点があるけど、いつでもどこにいてもかまわず電話がかかってきてしまうというのは、逆に言えば、悪い点でもある。チャットには、対面してるときには言いにくい話題について話せたり、離れたひととでも会話ができたりするというメリットがあるけど、同時に、面と向かっていないことによる誤解やすれちがいがひじょうに起きやすいというデメリットもある。

物事にはなんでも二面性がある。新しい技術や方法が世間に広められていくときには、どうしても二面性のうちの良い面のみが強調されるけど、その技術や方法が一般のこととして定着していくときには、二面性のうちの悪い面も認識していかなくちゃならない。

歩さんの質問に答えるならば、チャットそのものは悪いことではない。悪いのは、チャットにはデメリットがあるということを教えられていないこと、なんだと思う。

＊

チャットにしても、メールにしても、おとななら「もしかしたら、誤解されてしまうかもしれないな……」ということがらには想像が働くので、あらかじめ避けたい誤解に対しては防衛ができる。でも、歩さんたちのようにまだまだ成長の段階にあって、おとなのように経験に基づいた想像もそんなには働かない年頃ならば、チャットもメールも、書いたり読んだりすることについては、避けるべき誤解に対する気持ちの準備がない。

そもそも、コミュニケーションというのは、不便な中でも、一所懸命に手を替え品を替え、なんとかしてわかりあいたい、なんとかして誤解されたくないと思ってやることなんだ。それでもわかりあえなかったり、誤解したりされたりすることはあたりまえのように起こるし、人間としてはそれでふつうのこと。チャットはコミュニケーションのひとつの方法で、メリットもデメリットもあって、使うときにはメリットばかりが強調されているけど、デメリットがあることも忘れない。それだけのこと。チャットそのものが悪いわけではない。

この事件におけるチャットをめぐる局面についての報道の中で、殺された子どもにも落ち度があったのではないかということが言われかねないけど、チャットでひとが誤解しあったり、感情が行き違ったりすることと、殺す、殺されることとの間には、とんでもない差がある。

だから、やっぱり、「悪いのは、殺すほうのきみだ」ということを言いつづけなければしかたがない。子どもの犯罪では、犯罪をおかした当の子どもを、子どもゆえに悪く言いたくない気持ちがマスコミにも、ぼくたち一般の人間にも働く。子どもをこんなふうにしてしまったものを悪者にしてしまいがちだけど、やっぱり、いちばん悪いのは友だちを殺す「きみ」だよ。「きみ」の心だよ。「きみ」をそんなふうにしてしまった原因はあるだろうけど、それでも、いちばん悪いのは、「きみ」なんだ。

＊

世の中で不安なことが起こると、誰もが悪者探しをする。この事件ではチャットがその対象になった。じゃあ、小学校でパソコンを教えるのをやめてしまったらいいか。チャットがきっかけになってこんな事件が起きたのだから、子どもにはチャットを禁止したらいいのだろうか——。

そうじゃないよね。だって、チャットや掲示板があったから救われることだって世の中にいっぱいあるのだから。だから、チャットは悪いものだと決めつけるのではなく、デメリットや欠点があることを前提にして付き合っていかなくてはならない、と思うんだ。

昔はおとながよく知っていて、子どもが知らないことのほうが多かったけど、生まれたときからあたりまえにインターネットの環境が存在しているいまの子どものほうが、おとなより先に進んでいるところがあるだろう。この手の犯罪が起きたときに、五十、六十歳くらいの偉い先生たちが、いろいろなことを評したり、語ったりするけど、自分自身ではインターネットに接していなさそうな人間がなにをいくら言っても意味がない。それより、きみたちのような、いまの小学生の意見や感じていることが、ネットにおけるエチケット（ネチケットと言われている）を整備していく中で、大きな意味を持ってくると思うんだ。

おとなとしては、子どもへのアドバンテージがなければ、だからこそより真剣に「インターネットとの付き合い方」を考えていかなくてはならない。冷静になって、おとなのあせりや不安をもろに受けて「やっぱり、チャットは悪いことなの？」と短絡的に考えてしまう子どもたちに、そうじゃないんだ、両面あって、それと付き合っていくことが大事なんだと言いつづけるしかない、と思っている。

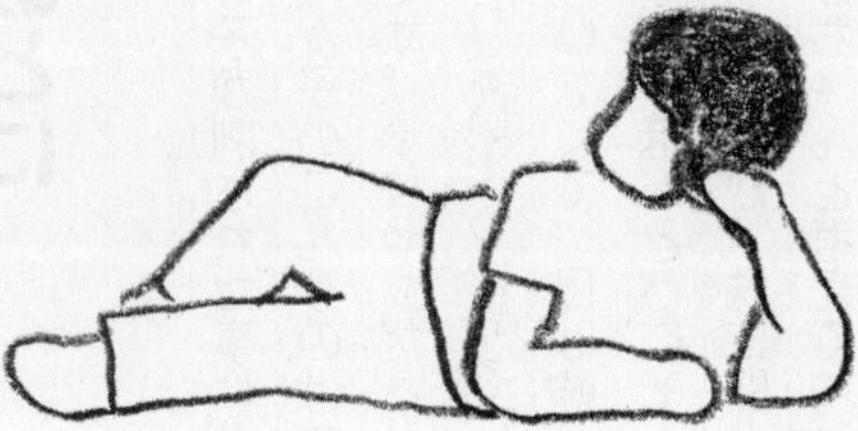

「事件」のあとに

長崎で六年生の女の子が刺された事件がありました。男子の怖い犯罪はたまにあると思いますが、女子のこんなのはあまり聞いたことなくて、妹がちょうど六年生なので心配です。学校や友だちから聞いてくるらしく、妹はけっこう怖がっていて、「殺されないようにするにはどうしたらいいか」などと聞いてきます。うちは父親がいなくて、母は妹が怖がるのであまり細かい話はしないほうがいいと言いますが、ほんとうにそんなことでいいのかと心配になります。私にももちろんわかりませんが、妹に聞かれたらなにか答えてあげたいとも思います。学校の先生がちゃんと考えてくれればいいのにとも思いますが、ただ怖がらなくてもいい説明のしかたがあれば教えてほしいです。それから重松さんはどうしてあんな事件が起きたのだと思いますか。

奈津子《なつこ》さん（16歳）高1・千葉県

だいじょうぶ、ということを、信じて、言いつづけること。

ぼくは、奈津子さんの相談を読んだとき、涙が出そうになった。

あなたの妹に、おとなとして、ほんとうにごめん、と謝りたい。六年生の女の子に、「殺されないようにするにはどうしたらいいか」という思いを胸に抱かせてしまう社会にしてしまったことを、ごめん、と謝りたい。

でもね、これは言いつづけたいのだけど、妹さん、あなたはだいじょうぶ、だいじょうぶだよ。絶対にだいじょうぶなんだ、とぼくは言いつづけるしかない。

もちろん、長崎県佐世保市での事件には特殊な子どもがおかした特殊な犯罪、と言うだけでは終わらないもの、終えてはならないものが、いっぱいあるだろう。

でも、「私の教室にも、あんな子がいるんじゃないか」と子どもたちに思わせたくない。人間不信にはなってほしくない。それこそ、世の中には、不幸なめぐりあわせで事件が起きてしまうことがあるけど、みんなで、だいじょうぶ、だいじょうぶなんだと言いつづけるしかないと思うんだ。

もし、この事件からなにかの教訓を得ようとするならば——あくまでも報道からわかる（ほんとうに正しいのかどうかはわからない）範囲のことだけど、それは自分のひと言が、たとえなにげなく口にしたことでも、それを受けとめる人間によっては憎しみの感情を生んでしまうことがある、ということ。でも、人になにかを言うこと自体を怖がらなくてもいいんだ。もしかしたら奈津子さんの妹さんも、友だちに言ったちょっとしたことで友だちを傷つけてしまったことがあるかもしれない。自分の言葉を友だちはどう受けとめるのかな……と相手の立場に立って考えるくせをつけておけば、だいじょうぶなんだよ。ほんとうにね。

＊

どうして、あんな事件が起きたのか。きみの質問に答えるとすると、ぼくは、あえて、こう言います。加害者の女の子に、同級生を殺したい、同級生が死んでもかまわない、という思いがあったから、事件は起きたんだ、と。

くり返しますが、事件の背景には、きっといろいろなことがあるとは思う。でも、最終的には、加害者の女の子が、被害者の女の子のことを殺したいほど憎んでしまったから、「あの子が死んじゃっても、かまわない」と思うほど、命の大切さをわかっていなかったから――だから、事件が起きたんです。それが理由です。

奈津子さん、ぜひ、きみの妹さんに話してあげてください。妹さんが、誰かを殺したいほど憎んでいなければ、また、誰かが死んでもかまわないと思うくらいに、ひとの命を軽んじたりしていなければ、妹さんは、誰からも殺されたり、誰のことも殺したりはしない。だいじょうぶだよ、って。

事件には背景がある。また、事件には、理由もある。ただ、「きっかけ」と「動機」が違うように、「背景」と「理由」は違うものです。ぼくたちは、衝撃的な事件が起きるたびに、事件の背景と理由とをすぐにくっつけてしまうけど、そんなことを言ったら、いまの時代を背景に生きているというだけで、子どもはみんな犯罪者になってしまう結論になる。「あなたの子どもの危険度チェック」のような項目が掲げられて、十項目のうち八項目が当てはまっちゃったら危ないなんて、短絡的でばかげた風潮だって生まれてしまう。

でも、実際には、同じように友だちがいて、同じようにチャットをして、同じようにケンカをしていても、相手を殺さない子もいれば、殺してしまう子もいる。「どうしてあの女の子は同級生を殺してしまったのか」ということを考えるよりも、「どうして私はひとを殺さないのか」ということを考えよう。同じようにチャットをやっていても、なぜ私は、あんなふうにならないのか、ならなかったのか、ならずにすんでいるのか……。

そういうふうに考えることができるのならば、奈津子さん、そして奈津子さんの妹さん、きみたちは、だいじょうぶだよ、絶対にね。

＊

ぼくは、この本の中では、みんなの質問やなやみに対して、いわゆる正解や絶対的な回答を出す気はないんだ。なやみを、根本から取り除くことは誰にもできない。病気には「根治治療」があるけど、なやみや疑問に対しては、「対症療法」しかありえない。いかにも正解ふうなことを言って、なやみの根本を引っこ抜くふりはできるかもしれないけど、それは嘘《うそ》だと思うんだ。

もしかしたら、ぼくのこの回答を読んでも、奈津子さんの不安は解消しないかもしれない。それでも、なんでぼくがこういうふうに回答をするかと言ったら――少なくとも、今夜は、ぐっすり眠ってほしいからなんだよ。今夜の晩ごはんを、おいしくおなかいっぱいに食べてほしいからなんだ。ぼくの回答を読むことで、妹さんが少しだけ楽になってぐっすり眠ってくれたら、とてもうれしい。

明日の朝になったらやっぱり不安が戻ってきて、「あの回答じゃだめだった……」と思うかもしれない。

そうしたら、ぼくは、また答えるよ。そのくり返しでいいんじゃないか。なやみを持つということは、人間なら誰にだってある。みんななやんでいいんだ。ただ、「なやんでることになやむ」というか、「こんなことになやんでる自分になやんでしまう」というふうにはなってほしくない。なやんでいても、今日の夜だけは、ゆっくり眠ってほしい――というのが、きみたちのなやみに対する、ぼくのスタンスなんだ。

奈津子さんの相談に戻れば、妹さんの不安の根っこをなくすことはできない。でも、とりあえず、今日はちょっとでも不安を忘れて、ゆっくりと眠ってほしい。

ぐっすり眠れて、おなかいっぱいごはんが食べられるうちは、人間はだいじょうぶなようにできているのだから。

7章

親だって、なやんでいる

男の子は難しい、らしい？

中二の息子のことです。まじめなやつなんですが、最近、かなり情緒不安定のようで、ちょっとしたことで母親にものを投げつけたり、妹の頭を強くはたくこともあるらしいのです（帰りが遅いので詳しくはわからないのですが）。男の子は難しいし、おかしいと思ったら早めに医者に、と家内も言うのですが、一過性のものだという気もします。その反面、小さいときからやはり少し難しいところのある子だったので、心配でもあります。どうすべきでしょうか。

政則《まさのり》さん（45歳）会社員・千葉県

自分が、直接目で見て、肌で感じること。

直接の答えにはならないかもしれないんだけど、この質問の文章を読んで、いちばん気になったのは、「最近、情緒不安定のようで」「母親に物を投げつけたり、妹の頭を強くはたくこともあるらしい」と、「ようで」「らしい」でしか語られていないことです。

政則さん自身も、質問の中で「帰りが遅いので詳しくはわからないのですが」とことわっている。ちゃんとわかっているわけですよ。帰りが遅いから、ほんとうのことはよくわからない、と。

残業や急なお付き合いで帰りが遅くなるというのは、これはもうしかたがない。どうかしたくても、そのときはどうしようもない、家が気になっても早く帰れない、ということだってあると思います。

ぼくは小説家なので、基本的には、自分の時間は自由に使えます。忙しくても家で仕事をすればいいわけだから、その気になれば、仕事場には行かずに一日中家にいて、自分の娘の姿をずっと見ていてもいいんです。そんなぼくが、サラリーマンとして働いているひとに向かって、「家へは早く帰るべきだ」とか、「晩ごはんは、子どもと一緒に食べなければならない」なんて、口が裂けても言えないことです。ほんとうに毎日たいへんな中、どうにかして早く家に帰りたいんだという気持ちを持っておられるんだと、ぼくは信じています。

そのうえで、あえて言わせてください。「平時」はともかく、「ＳＯＳ」の事態であれば、早く帰らなければ。いまが勝負どきだという状況であれば、やっぱり、まずは息子さんを自分の目で見て、確かめましょうよ。

中学二年生の男の子っていったら、大なり小なり情緒不安定ですよ、それは。

そういうことは、もしかしたらお母さんよりも、お父さんのほうが、「わかる」んじゃないですか。自分の中学二年生の頃のことを振り返ってみて、ああ、この程度だったらだいじょうぶだとか、ちょっと、これはやばいかもしれないなっていうふうに、お父さんである政則さんが自分の目で見るから判断ができるということは、思っている以上にたくさんありますよ。

子どもの問題は、伝聞を鵜呑《うの》みにして判断するのがいちばん怖いことだと思っています。少年事件なんかが起きるとよく、容疑者のことを「まじめな少年でした」「おとなしい少年でした」なんて近所のひとが評したりするけど、そういうテレビや新聞で報道されているようなコメントをそのまま受け取って、「まじめな少年だったのに」「おとなしい少年だったのに」というふうに思考を始めてしまうと、メディアに与えられたものを無自覚に受け容《う い》れて、疑問にも思わない回路が勝手に自分の中にできあがってしまうんです。

政則さんがいまなやんでいる「息子の情緒不安定」も、奥さんからの伝聞であるという点において、情報自体が弱い。これはなにも、奥さんの報告が間違っているという意味ではなくて、やっぱり、自分の目で確かめて、そこから考えることを始めなければいけないんじゃないか、と思うのです。

＊

この質問をつづけて読んでいくと、「男の子は難しいし、おかしいと思ったら早めに医者に、と家内も言うのですが」とあって、ぼくはちょっと驚きました。そうかなあ。それはたしかに、専門家の診断や指導をあおがなければならない状況というのは、必ずあると思います。でも、いきなり「医者に」というのは、ちょっと段階をはしょりすぎてはいないかなと、ぼくは気になりました。事実、父親である政則さんは、息子さんの様子を「一過性のものだという気もします」と言っているわけで、それは政則さん自身が少年時代を振り返ってみて、「まあ、それくらいあるだろうな」と理解している気持ちが半分、心の中にあるということでしょう。

でも、あとの残り半分は、「その反面……心配でもあります」とある。この半分の状況で、すべてを奥さんにまかせちゃって、じゃあ医者に一回見せてみろよ、なんて言いかねないのは——表現はきついんだけど、ちょっと責任逃れのような気がするんです。

かっこいいことを言っちゃうと、「心配する」ことは親の仕事じゃないと思う。心配っていうのは、言ってみれば、誰でもできる。でも、その心配を背負って、じゃあどうするかということを考え、そして行動するのは、やっぱり親しかいないと思うんです。政則さんはいま、心配ですと言いつつ、奥さんを仲立ちにしてしまっている。それじゃあ、息子さんからはまだ遠いままなんだ、関係が。まずは、直接、面と向かってみないと。

お仕事はたいへんだと思いますが、息子さんがまだ起きている時間にちょっとだけ早く家に帰って、息子さんのことを、直接ご覧になってください。日曜日だっていいですよ、ご自身の目で息子さんを見てください。

そして、自分の少年時代を思い返しながら、同じ男として、あるいは親として、肌で感じた「これはやばいぞ」とか「これくらいなら自分にも覚えがあるし、平気だよ」という感覚を大切にしてほしいんです。少年問題にまつわるいろいろな情報が溢《あふ》れているいまの時代だからこそ、直接見て、肌で感じられるポジションにいる親でなければできないことというのは、たくさんあるんじゃないでしょうか。

母親にものを投げつけたり、妹の頭をはたいたりしているのも、たとえば、投げているのはティッシュペーパーの箱なのか、あるいは、割れたら危ないガラスのコップを顔面めがけて飛ばしてくるのか、それだけでもぜんぜん違ってきます。苛立《いらだ》ちや暴力衝動が家族に向かっているうちはまだ救いがあると、ぼくは思っています。家庭内暴力というものを、決して軽く見ているつもりはないんだけど、いちばん怖いのは、その暴力衝動を親に向けずに、親の目の届かないところで弱い者、それこそ動物や通りすがりの幼い子どもに向けてしまうことなんです。

妹の頭をはたいたら、お母さんに知られちゃうのはわかっている。お母さんにものをぶつけたら、お父さんに知られるのもわかっている。わかっているけどやっているというところに、なにか訴えたいこと、感じ取ってほしいことがある――息子さんの行動は、そういうサインだと見なすこともできると思うんです。

それを、誰にも見つからない場所で、誰にも見つからない相手に暴力の衝動を向けてしまうことのほうが、絶対に怖い。そこには、もう「気づいてほしい」というメッセージもなくて、ただ衝動をもてあまし、解消したい欲求しかないわけだから。

どうか、息子さんの行動を、あなた自身に向けられたサインだと受け止めてください。そして、できるだけ早く家に帰って、自分の目で息子さんの姿を見て、自分の耳で息子さんの言葉を聞いて、自分の肌で、息子さんを感じ取ってあげてください。ぼくからのお願いです。

がっかり、させたくない

お恥ずかしいのですが、会社でちょっとした失敗を起こしてしまい、配置転換になりました。これまでとは勤務地が変わり、その様子を子ども（小四）が気づいて、なんで変わったのかと聞いてきます。いまのところぼくのことを好きで、よくあとをくっついてくる息子なんで、やっぱり、がっかりさせたくないんです。妻は正直に言えば、と言うのですが……自分でもだらしない父親なのは、わかっているんですが。

昭吾《しょうご》さん（40歳）会社員・兵庫県

「正しさ」ばかりでは、親業なんて、つとまらない。

「正直に言えば?」っていうのは、正論ですね。隠したってしょうがない、正直に言えばいいじゃない。ほんとうのことなんだから、ちゃんと言うべきだ、と。それはまあ、奥さんのほうが、正しい。

でも、一方で、ひとは正しさだけでは生きていくことはできない、と思うのです。昭吾さんの質問にもあるように、だらしなさやずるさといった「弱さ」を持ちながら、ぼくたちはどうにかこうにか、生きていっている。

ときどき思います。弱さや、ダメなところがすべてなくなった人間って、これはひととして一〇〇パーセント正しい存在かもしれない。でも、ぼくは、そんな境地には行きたくないな、という気がします。

特に若い世代には、「正しさ」を純粋に追い求めすぎるあまりに、世の中にあるだらしなさやずるさを少しでも許せなくなってしまって、結果的に他人とのコミュニケーションを拒んでしまうという風潮がある。だから、適度な「弱さ」ってやっぱり必要だし、だらしなさやずるさというものは、あんがい、ひとにはあっていいものなんじゃないのかな、というふうに思うのです。

＊

昭吾さんの奥さんとは反対のことを言いますけど、ぼくは、親だからと言って、なんでもかんでも子どもに打ち明ける必要はないと思いますよ。

それは、厳密に言えば、子どもに嘘《うそ》をつくことになるかもしれない。でも、世の中、ひいては人間って、一〇〇パーセントほんとうのことだけを言えばいいってもんじゃないだろ、と思います。昭吾さんの例で言えば、子どもから「なんでお仕事の場所が変わったの？」と訊《き》かれたら、会社には人事異動というものがあって、それで変わったんだよ、お父さんもちょっとびっくりしちゃったけど、会社で決まったことだから、まあしょうがないんだよ——と、それでOKなんじゃないのかな。

わざわざ、「お父さんはこんな失敗をしたから、その罰を受けているんだ」なんて、小学四年生の息子さんに言う必要はぜんぜんないと思います。なぜなら、仕事で失敗をした社員に会社はどういう対応をするかとか、そもそも会社で働くとはどういうことなんだ、っていうのは、小学四年生ではまだまだわからないと思うから。なのに、よくわからないまま「お父さんは失敗したから、その罰で配置転換になっちゃった」と、表面的な受け取られ方を子どもにされてしまったら、それこそ、父親の自分を見る子どもの目が変わっちゃうかもしれない。だから、ぼくがもし昭吾さんの立場なら、正直になんて言いません。人事異動だからしょうがないんだ。それで済ませてしまいます。

そのうち息子さんも成長して、「働く」ということを、自分の人生の問題として考えるようになるでしょう。中学生か高校生かはわかりませんが、そのときになったら、打ち明ければいいんです。おまえが小学四年生のときにお父さん、配置換えになったけど、あれはじつは、会社で失敗しちゃってな……というふうに。自分で考え始めた子どもなら、父親の失敗談を表面的に受け取るのではなく、社会の厳しさを伝える言葉として耳を傾けるだろうし、お父さんも外ではいろいろあって、たいへんなんだなあというふうに、なにか、子どもの心に大きなものをもたらしてくれるような気がします。

子どもに言うべきかどうかを迷う事柄というのは、まさに、「打ち明けどき」というものがあると思います。子どもに見栄《みえ》をはるとか、親としてのプライドを守るというようなことではなく、子どもがその事柄を受け止めたときに、いちばん、子ども自身の人生にプラスに作用するような、そういうタイミングを迎えるまで待って、それで打ち明ければいいいんじゃないでしょうか。

＊

もう一つ、昭吾さんは不幸にして会社で失敗しちゃって、それで配置転換になったことを恥ずかしく思っているわけですが、その「恥ずかしい」という感情は、子どもがもう少し成長して、社会とは、仕事とはと考え始めるタイミングで、ぜひ話してあげてほしいな、と思います。成功話や自慢話よりも、もっとずっと、お子さんの心に豊かなものをもたらすはずです。

ぼくだって、ぼくの作品についてさんざんに批判している書評や、ぼく自身の悪口を書いてあったりする記事なんて、絶対に家に持って帰らないですよ。なにが悲しくて、そんな親の恥を自分の子どもにさらさなきゃいけないんだっていう気持ちです。でも、いつかは、娘たちに伝えるつもりです。一所懸命にやった仕事でも、自分の生き方でも、ひとによっては、批判したり、悪口を言ったりする。それはしょうがない。それでも、仕事ってやっていくんだよ、ってね。

昭吾さんをはじめ、日本中にたくさんいるはずの、だらしなくて、弱くて、ずるいお父さんやお母さん、学校の先生へ。適度なだらしなさや、適度な弱さや、適度なずるさは、あってOKじゃないですか。成長した子どもへ、いつかはそれを、ちゃんと伝えることができれば――。

これって、甘やかしですか？

小一の息子がいます。共働きなので、放課後は学童保育に通わせているのですが、朝は私が会社に行きがてら、学校の近くまで送って行きます。帰りは夫か私か、どちらか間に合うほうが学童前まで迎えに行きます。近所は人通りも多くなく、最近は物騒なことも気になって（近くでたびたび変質者が出ています）、朝夕の送り迎えをしているのですが、意外とこういうときに子どもの本音を聞けたりするので、楽しい時間なのです。ただ、息子から話を聞いた学童の先生からは、「甘やかしている、ひとりで通わせるように」「危ない目に遭わないと学ばない」「自立できなくなっても知りませんよ」とおどかされるのです。小一で自立、ということもよくわかりませんが、お世話になっているので反論もできません。なんだかいけないことをしてしまっているのか、でも楽しさや安全を優先させてはいけないのか、と揺れています。重松さんはどう思われますか?

百合子《ゆりこ》さん(36歳)会社員・東京都

シンプルです。あなたが、どうしたいか。ただそれだけなんです。

これはもう、答えははっきりしています。あなたのお子さんは、あなたが親なんです。……変な言い方になってしまったかな。要は、百合子さん、あなたが良かれと思ったことをやればいいんです。

おとなが百人いたら、そこには百通りの考え方があります。息子さんが赤ん坊だった頃を思い出してみてほしいんだけど、紙おむつはいけない、布がいい、いやべつに紙おむつでも問題はない、なんて、ああだこうだとじつに多くの子育ての情報が飛び交っていたでしょう? その中から、百合子さんは、自分と自分の子どもにフィットする情報を選んできたはずです。それを、いまもやればいいんです。

学童保育の先生は、必ずしも絶対的な正解を言っているわけではありません。「お世話になっているので反論もできない」と言うけど、たとえは悪いですが、それだと、子どもを人質にとられているから、犯人の言いなりになります、と言っているのと同じになってしまいます。お世話になっているって、「言いなり」になることとは違うはずなんです、絶対に。

もちろん、学童の先生にも、そのひとなりの子育ての哲学や信念があるだろうから、「そんなの間違っています」なんてその先生にわざわざ言う必要はないでしょう。おっしゃることはわかりました、でも、うちは、息子と一緒に帰るその時間が、なにより大切で貴重な時間だから、申し訳ないけれども、これまで通りにやらせてもらいます、と。それで済んじゃいますよ。それでいいじゃないかと、ぼくは思います。

この場合、学童の先生を、こちらの論理で論破する必要はありません。「そんなことじゃもう学童で面倒は見切れません」なんて絶対に言わないはずですし、もし、そんなことを言うような先生であったら、はなから別のことで問題になっているでしょう。そういうことが起こっているわけではないし、また、百合子さんがなにか学童保育のルールを破っているわけじゃないんですから、どうか、堂々としていてください。

＊

いまは、かつてに比べて、ほんとうに情報の多い時代です。

赤ん坊から思春期までは言うに及ばず、下手をすれば就職や結婚にいたるまで、我が子にとって良かれと思ういろいろな情報があり、それぞれの論者の主張があり、それらが溢《あふ》れている。その情報の海の中で右往左往してしまうと、結局、その動揺は子どもに悪い影響を与えてしまうんじゃないか、とぼくは思います。

だから、学童保育の先生と考え方が違っていたって、そのことで傷つくことはないですよ。百合子さん自身の考えを述べても、反論してもいい。それが相手の意見を否定することになると短絡させないでほしいんです。反論というのは、相手を潰《つぶ》すためのものではなくて、「私はこうです」と言うためのものなのだから。逆に考えれば、「私はこうです」というものがなければ反論もできずに、相手の意見をただ受《う》け容《い》れるしかなくなってしまいます。

こんなに情報の溢れている時代だからこそ、最後の最後に問われるのは、「あなたは、どうなの」ということ、ただそれだけなんです。

たとえば、百合子さんが、息子さんと一緒に歩きながら、ほんとうは「もう、子どもも七歳だし、こんなことしちゃいけないのかなあ……」と自分自身の中で揺らいでいるまさにそのタイミングで、学童の先生から「自立させなさい」と言われたというのならまだしも、あなたはいま、息子さんと帰る時間を貴重だと感じ、幸せを感じているわけだから、ぜんぜん問題はない。むしろ、その時間を守るべきだと思います。

ぼくも、上の娘と下の娘とで、合わせて十年間くらい、毎日、毎朝、保育園に送っていました。一緒に歩きながら、歌を歌ったり、しりとりをしたり。たまたま、上の娘が卒園するのと入れ替わりに下の娘が入園するという年回りだったから、いつも子どもとぼくとは一対一だった。そうやって過ごす時間に、ぼくは娘といろいろな話をしたし、娘からもいろいろな話を聞かされたし、なにも話さないときだって、二人で手をつないで歩いている時間というものは、かけがえのないものであったと、いまでも思っています。

子どもというものは、どんどん大きくなる。大きくなって、どんどん親から離れていく。離れていくその背中は、引き戻すことはできない。だからこそ、「お母さん、もう一人で帰れるし、恥ずかしいから迎えに来ないでよ」と言われるその日まで、息子さんとたくさん一緒に歩けばいい。息子さんだって、お母さんやお父さんとの帰り道を楽しんでいるわけだから、誰はばかることなく、いまの時間を満喫、堪能《たんのう》してほしい。

親としては、ぼくは百合子さんよりももう少し先輩だから言っておきますが、ほんとうに子どもって成長が早くて、あの頃、もっと一緒にいればよかったな、もっと手をつないで歩いていればよかったなと思っても、もう遅い。子育てって前に進むしかない時間のことだから、あとになってから、ああしとけばよかった……なんて後悔はしないほうがいい。いま、これが幸せで、こんなふうに子どもと付き合っていきたいんだっていうビジョンがある限り、どうかそれを大切にしてください。

*

ぼくの家では、この春から上の娘が中三に、下の娘が小三になります。いわゆる幼い子どもの子育て時代というものが終わったわけなんだけど、自分の子育てが一段落したひとって、後輩の親たちに、自分の育児論を押しつけたがる。決して悪気があってそうしているわけでなく、良かれと思って述べているんだけど、若い親がそれを負担に感じてしまうことはあるよね。ぼくのときも、「子どもに紙おむつはいけない」と自分よりも年上のお父さんから言われたことがあって、思わず、紙おむつのどこがいけないんだ、布おむつの良さはあるだろうけど、紙おむつにしたおかげで洗濯の手間がずいぶん省けた、そのぶん、仕事を持っていた自分も自分のかみさんも子どもと一緒に過ごす時間を増やすことができたんだ、大きなお世話だ、と言い返したことがある。

……なんて、ついぼく自身の話をしてしまいましたが、自戒の念をこめつつ、子育てについては自分の考えを他人に押しつけるのはやめようよ。それから、他人の考えを聞いても、ちょっとのことでぐらぐら気持ちを揺らがせるのも、やめよう。この本だって、読んでいて、なんだか押しつけがましいな……と感じたら、さっさとページを閉じて、ぼくの意見なんて忘れてくれたら、むしろそのほうが嬉《うれ》しい。

決めるのは、あなたです。

自分の子どもを、守りたい

中一の娘がいます。最近、学校でいじめられているようなのです。娘のジャージに靴の跡がついていたり、一度、プリントにひどい言葉を書かれているのも、偶然なのですが娘の部屋で見ました。娘は「なんでもないから」と言って、がんとして学校でのことを話してはくれないのですが、娘を守ってやりたく、しかし、夫も単身赴任中で、私自身、身近に相談できる人もおらず、どうしたらいいのかわかりません。親として、どのようなことをすべきなのでしょうか、ご相談させてください。

良枝さん（39歳）主婦・大阪府

いじめからと同時に、子ども自身の「プライド」も守ってあげたい。

おそらく、良枝さんと同じなやみを抱えているお母さんやお父さんたちは、全国に、ほんとうにたくさん、おられることと思います。

最初に、具体的、かつ現実的な話からすると、学校の担任の先生が、そのいじめを把握してるかどうかというのは、すごく大きな問題です。だから、まずは先生に、こういうものを見たのですが……と報告をして、実際のところはどうなのかを、一緒によく、話し合われてみてはどうかと思います。

これは、「子どもの学校でのことはおまかせします」となにもかも先生に丸投げするという意味ではありません。また、「いじめがあるのなら、一足飛びに解決してほしい」と要求することでもありません。言ってみれば、親は子どもと一緒に学校には行けないわけだから、教室、校内でのことをいちばんよく知っているはずの先生から、娘さんをめぐる状況の正しい情報を得る必要がある、ということです。いま現在は先生自身も把握していないとしても、相談を受けることによって、先生は意識的に娘さんの周辺に目を向けるようになるはずです。

先生が十分な注意を払って観察していて、たとえばひと月たってもまったく様子がわからないということであれば、事態はひじょうに深刻であるかもしれない。その反対に、もしかしたら最初から心配するようなことではない可能性だって、ないとも限らない。

娘さんがなにも言わないことで、良枝さんはいま、よけいに心配だと思うのですが、「我が子は被害者だ」と学校にねじこみに行ったけど、よくよく事態をつかんでみたら、べつにいじめでもなんでもなかった……という話はよく耳にします。だから、子どもの言いぶんだけを一方的に鵜呑《うの》みにはできないし、逆に、子どもの様子から断片的な情報を拾い出して、すべてを悪いほうに想像してしまうこともまた、避けなければならないと思うのです。

学校の先生に「なんとかして」と泣きつくのも、親が想像だけで悶々《もんもん》とした心配をするのも、正しい情報を得て立ち向かうという姿勢の対極にあるという意味では、まったく同じです。先生だけでも、また、親だけでも、いじめは解決しない。先生と親の両方が向かい合って、情報を補い合って、やっと一人の子どもの姿が浮かぶ——そういうものだと思います。

子どもの年齢にかかわらず、小、中、高校生、それから、大学生であってもそうだと思いますが、一人の子どもにだって、いくつもの世界があります。家族と過ごす時間、教室や部活での様子、家でも学校でもない、放課後の寄り道での姿。外ではおとなしいけど、いわゆる内弁慶で家庭では我が物顔にふるまう子どももいれば、逆に学校ではストレス発散的に暴れる子どももいるでしょう。それぞれの世界で見せる顔は、まったく違っていることだってあるのです。

では、どの世界の姿が、子どもの素顔であるのか。

もちろん、いちがいには言えないことですが、ぼくは、子どもというものは、自分の好きな世界でリラックスしているときに、いちばんの素顔を見せるものだと考えています。それがたとえばゲームセンターであったような場合は、親の目も、先生の目も届かない。でも、多くの子どもにとっては、一日の大半を過ごすのは、家と、教室や部活といった学校であることに違いない。なにかあるときに、親と先生とが、お互いの場所での子どもの姿についての情報を交換しておく義務と権利を持っているのは、このためです。

＊

どうか、お子さんの先生と情報交換をして、状況の把握をしてください。そして、夫婦でもきちんと話し合ってください。

ぼくが少し気になったのは、「夫も単身赴任中で……身近に相談できる人もおらず」という箇所です。ほんとうに、お父さんには相談できないのでしょうか。

いじめは、子どもにとって人生最大のピンチです。自分の自尊心や、属する世界での存在意義というものを、理不尽に踏みにじられ、揺るがせられるのがいじめなんです。我が子がそんな危機に直面しているのに、母親が父親になにも言わないというのは、やっぱり、おかしいと思います。

電話やメールもある。ファックスでもいい。直接、会いに行くことだって可能でしょう。自分が家庭をまかされているのだから、単身赴任中のお父さんには心配をかけたくないという良枝さんの気持ちもわかりますが、その気遣いのために、もっと大きく取り返しのつかない状況になって初めて、「じつは娘が……」とあなたから打ち明けられたら、お父さんだってショックだと思います。

ぼくはかつて、全国の単身赴任のお父さんたちを訪ね歩いたルポルタージュを書いたことがありますが、そのときに印象深かったのが、単身赴任によって、逆に自分の子どもとの心理的な距離が縮まったと言うひとが多かったこと。一つ屋根の下ではなく、別々の町に暮らしていることで、かえってお互いを思いやっていろいろな手段でやりとりをし、関係を大切にするようになったと言うのです。良枝さんの娘さんも、いまは学校でのことをかたくなに沈黙しているということですが、もしかしたら目の前にはいないお父さんからの問いかけ、呼びかけに対しては、素直に打ち明ける可能性だって、あるかもしれないんです。

その可能性は、最初から摘んでしまわないほうがいい。良枝さんだって、誰にも相談できないでどんどん苦しんでいくことになるのは、絶対にいけない。

厳しいことを言いますが、良枝さんのその姿勢は、子どもにとっていちばんのマイナスになってしまうと思うのです。いじめの可能性があるからこそ、夫婦でじっくりと話し合い、親としてのしっかりとしたスタンスを持つ必要が絶対にある。それこそ、万が一の場合は転校させることも辞さないという考えであるとか、あるいは子どもから打ち明けてくるまでは注意深く様子を見守るとか、考え方はさまざまにあり得るとは思いますが、まずは夫婦で考えを一致させておく。同時に、学校の先生に対しては、家庭と学校とで情報を共有しておく必要をしっかり訴えて、コンセンサスを得ておくのです。

ほんとうなら頼りにできるおとなたちのはずなのに、父親はなにも知らず、母親は状況にどう立ち向かえばいいのかわからずにただ動揺しているだけなんて、子どもにとってはつらすぎます。どうしてお母さんに話してくれないのかと迫っても、確固とした姿勢がなにも決まっていないところへ向けてなにをどう打ち明ければいいのか、子どもだって混乱するだけだというのが、正直なところだと思うのです。

＊

良枝さんが子どもを守ってやりたいと願う、それが心の底からの気持ちであることは、ぼくにも痛いほどわかります。

ただ、具体的に「守る」といった場合、一つは、現実的に子どもが受けているかもしれないいじめから守る、被害者である立場から救い出すということがありますが、必ず忘れてはならないことが、もう一つある――子ども自身の「プライド」を守る、ということです。これは、どうか心にとめておいてください。

いじめとは、それを受ける子どもの自尊心や誇りを奪い、存在意義を決定的に踏みにじるものです。良枝さんの娘さんが、学校でほんとうにいじめにあっているとしたら、教室でのプライド、友だちの中での彼女のプライドは、大きく傷ついていることは想像に難くない。娘さんにとっては、じつは我が家が唯一《ゆいいつ》、残されたプライドを保てる場所になっているかもしれないのです。

おとなはよく、「どうしていじめられていることを親に言わないの？」と子どもを問いただすけど、学校という大きな社会でプライドを踏みにじられていることを打ち明けてしまったら、「親に対するプライド」という最後の砦《とりで》を、子どもは自分から捨てなくてはならなくなってしまいます。いつも元気で明るい我が子という親の期待だけは、どうかして裏切りたくはない。せつないくらいにそう願っているのが、子どもという存在なんです。

いじめがエスカレートして、たとえ心身ともに取り返しのつかないダメージを受けたとしても、だからこそ唯一残された家庭でのプライドを守ろうとするあまり、自分が生きて我慢ができる限界まで、かたくなに沈黙を守ろうとする子どもだっている。その結果、訪れる悲劇は……もう言う必要はありませんよね。

親は子どもの様子に感じるものがあれば、学校と連携して少しでも詳しい情報を得るようにしよう。そのうえで、子どもが必死で保っているプライドを崩さずにいられるよう、かわいそうだとか、ひどいめにあってつらいだろうとかいうことは、あまり言いすぎないようにしてほしい。

そして、子どもに向き合うときは、親はしっかりと腹をくってその話に耳を傾けてほしい。子どもが自分のプライドを犠牲にして打ち明けたのに、おとなのほうがおろおろとうろたえてしまったら、子どもの立つ瀬がなくなってしまう。ほんとうに、お父さんもお母さんも、事態をよけいに悪化させないように、最悪の場合はこう対処するというものをまず、しっかりと持っていてください。

＊

子どものプライドについてもう少し話を広げると、中学生というのは、親の目からすれば、まだまだ小学生の延長というふうに見えてしまうのかもしれない。でも、子どもは親が考えているよりも成長していて、自分自身の力でなんとかしなきゃいけない、親には自分の弱いところは知られたくないというプライドを、確実に育てているものなんです。そこは、うまくわかってあげたい。子どもを守ろうとするあまり、子どものいちばん根っこにあるプライドを親が理解できなかったら、外でのいじめとはまた違う、深い傷つき方をしてしまうと思うのです。

成長した子どもにとっては、親から頭ごなしになにかを決めつけられるのが、いちばん、嫌なことなんだ。いつまでも子どもではない。でも、一人で解決できるほど、おとなでもない。その距離感をはかるのはほんとうに難しいことだけど、子どもを守る気持ちと、でも子どものプライドに土足で踏み込まないでいようとする気持ちは、親のほうも、うまくバランスをとっていきたい。

いまの話はすべて、親としてのぼく自身にも向けて語りました。

あとがき

世界中のひとたちがみんな、いつも正しい道だけを選ぶことができるなら——。

ときどき思います。

世界中のひとたちがみんな、弱いところもずるいところもまったくなく、いつも胸を張っていられるなら——。

つまり、「なやみ」という言葉がどこの国の辞書からも消《き》え失《う》せてしまったら——。

それは素晴らしい世界だと思います。でも、そんな世界からは、きっと小説も映画もマンガもお芝居も生まれないでしょう。

実際には、人間には弱い部分やずるい部分、きたない部分があり、同時に強さや美しさも存在しています。間違ってしまうことはたくさんあるし、失敗を悔やんでしまうこともたくさんある。だからこそ、ひとはなやむ。なやんで、なやんで、試行錯誤しながら、ときには小説や映画などをヒントにしつつ、それでもまたなやんで、なやんで……そうやって少しずつ幸せになっていくのではないか、とぼくは思っています。

この本の中でぼくが伝えたかったことは、「なやんでいても、よし！」の一言に尽きるのかもしれません。なにかになやんでいる自分を肯定するための言葉を、ただひたすら話しつづけてきただけなのかもしれません。

そんなぼくの回答は、人間としてのぼく自身がそうであるように、正しいことばかりではありません。これはもう、断言してもいい。「そんなのでいいのか？」と言われてしまう箇所や、優柔不断な弱さやずるさを隠しきれずにいるところだってある。絶対に。

だから、あくまでも「こういう考え方もあるんだな」「ふーん、シゲマツはこんなふうに考えてるんだな（バカだな、こいつ）」と思う程度にとどめておいてください。言い訳や逃げ口上ではありません。結局のところ、あなたの人生はあなた自身が生きていくしかないのだから。あなた自身が決めて、あなた自身がまた迷って、間違えて、悔やんで、なやんで、なやんで生きていくために、まずは今夜しっかりメシを食って、しっかり寝よう。そのための手助けの一つに本書がなってくれるのなら、これほどの幸せはありません。

人生は長い。長い人生であってほしい。マラソンのように、ときどき水分補給も必要です。ぼくは水を差し出しました。よかったら飲んでみてください。でも、走りつづけるのは、あなたです。完走しような、それぞれの人生。

本書は理論社の「よりみちパン!セ」シリーズに収められた『みんなのなやみ』と『みんなのなやみ2』をまとめ、補筆や訂正をほどこしたうえで一冊に編み直したものです。

理論社の皆さん、ことに「よりみちパン!セ」シリーズの清水檀編集長と、語った言葉を文章に直してくれた担当編集者の坂本裕美さんに、心から感謝します。新潮文庫に加えていただくにあたっては、大島有美子さんにお世話になりました。大島さん、ありがとうございました。

そしてなにより、たいせつななやみを寄せてくださった皆さん、読んでくださった皆さんに、ありったけの感謝を——。

二〇〇九年十月

重松清

この作品は、理論社から二〇〇四年十月に刊行された『みんなのなやみ』と二〇〇五年四月に刊行された『みんなのなやみ2』を文庫化にあたり合本し、改稿・再編集を加えたものです。

重松清著

舞姫通信

教えてほしいんです。私たちは、生きてなくちゃいけないんですか？ 僕はその問いに答えられなかった――。教師と生徒と死の物語。

重松清著

見張り塔から ずっと

3組の夫婦、3つの苦悩の果てに光は射すのか？ 現代という街で、道に迷った私たち。新・山本周五郎賞受賞作家の家族小説集。

重松清著

ナイフ

坪田譲治文学賞受賞

ある日突然、クラスメイト全員が敵になる。私たちは、そんな世界に生を受けた――。五つの家族は、いじめとのたたかいを開始する。

重松清著

日曜日の夕刊

日常のささやかな出来事を通して蘇る、忘れかけていた大切な感情。家族、恋人、友人――、ある町の12の風景を描いた、珠玉の短編集。

重松清著

ビタミンF

直木賞受賞

もう一度、がんばってみるか――。人生の"中途半端"な時期に差し掛かった人たちへ贈るエール。心に効くビタミンです。

重松清著

エイジ

山本周五郎賞受賞

14歳、中学生――ぼくは「少年A」とどこまで「同じ」で「違う」んだろう。揺れる思いを抱き成長する少年エイジのリアルな日常。

重松清著

きよしこ

伝わるよ、きっと——。少年はしゃべることが苦手で、悔しかった。大切なことを言えなかったすべての人に捧げる珠玉の少年小説。

重松清著

小さき者へ

お父さんにも14歳だった頃はある——心を閉ざした息子に語りかける表題作他、傷つきながら家族のためにもがく父親を描く全六篇。

重松清著

卒業

大切な人を失う悲しみ、生きることの過酷さ。それでも僕らは立ち止まらない。それぞれの「卒業」を経験する、四つの家族の物語。

重松清著

くちぶえ番長

くちぶえを吹くと涙が止まる。大好きな番長はそう教えてくれたんだ——。懐かしい子ども時代が蘇る、さわやかでほろ苦い友情物語。

重松清著

熱球

二十年前、もしも僕らが甲子園出場を果たせていたなら——。失われた青春と、残り半分の人生への希望を描く、大人たちへの応援歌。

重松清著

きみの友だち

僕らはいつも探してる、「友だち」のほんとうの意味——。優等生にひねた奴、弱虫や八方美人。それぞれの物語が織りなす連作長編。

新潮文庫最新刊

宮部みゆき著
孤宿の人（上・下）
藩内で毒死や凶事が相次ぎ、流罪となった幕府要人の祟りと噂された。お家騒動を背景に無垢な少女の魂の成長を描く感動の時代長編。

伊坂幸太郎著
フィッシュストーリー
売れないロックバンドの叫びが、時空を超えて奇蹟を呼ぶ。緻密な仕掛け、爽快なエンディング。伊坂マジック冴え渡る中篇4連打。

畠中恵著
ちんぷんかん
長崎屋の火事で煙を吸った若だんな。気づけばそこは三途の川!? 兄・松之助の縁談や若き日の母の恋など、脇役も大活躍の全五編。

宮城谷昌光著
風は山河より（三・四）
松平、今川、織田。後世に名を馳せる武将たちはいかに生きたか。野田菅沼一族を主人公に知られざる戦国の姿を描く、大河小説。

重松清著
みんなのなやみ
二股はなぜいけない？ がんばることに意味はある？ シゲマツさんも一緒に困って真剣に答えた、おとなも必読の新しい人生相談。

石田衣良ほか著
午前零時
―P.S.昨日の私へ―

今夜、人生は1秒で変わってしまうと、知りました――13人の豪華競演による、夜の底から始まった、誰も知らない物語たち。

みんなのなやみ

新潮文庫　し－43－15

平成二十一年十二月一日発行

著者　重《しげ》松《まつ》清《きよし》

発行者　佐藤隆信

発行所　株式会社 新潮社

郵便番号　一六二―八七一一
東京都新宿区矢来町七一
電話　編集部(〇三)三二六六―五四四〇
　　　読者係(〇三)三二六六―五一一一
http://www.shinchosha.co.jp

価格はカバーに表示してあります。

乱丁・落丁本は、ご面倒ですが小社読者係宛ご送付ください。送料小社負担にてお取替えいたします。

印刷・錦明印刷株式会社　製本・錦明印刷株式会社

ISBN978-4-10-134925-1　C0130